Ludwig Tieck

Die verkehrte Welt

Ein historisches Schauspiel
in fünf Aufzügen

Ludwig Tieck: Die verkehrte Welt. Ein historisches Schauspiel in fünf Aufzügen

Berliner Ausgabe, 2016, 4. Auflage
Durchgesehener Neusatz mit einer Biographie des Autors bearbeitet und eingerichtet von Michael Holzinger

Erstdruck in: Bambocciaden, hg. v. J.Ch.A.F. Bernhardi, Bd. 2, Berlin 1800.

Textgrundlage ist die Ausgabe:
Ludwig Tieck: Werke in vier Bänden. Nach dem Text der »Schriften« von 1828–1854, unter Berücksichtigung der Erstdrucke. Herausgegeben von Marianne Thalmann, Band 1–4, München: Winkler, 1963.

Herausgeber der Reihe: Michael Holzinger
Reihengestaltung: Viktor Harvion
Umschlaggestaltung unter Verwendung des Bildes:
Ludwig Tieck (Gemälde von Robert Schneider, um 1833)

Gesetzt aus der Minion Pro, 10 pt

ISBN 978-1482760682

Symphonie

Andante aus D dur

Will man sich ergötzen, so kömmt es nicht sowohl darauf an, auf welche Art es geschieht, als vielmehr darauf, daß man sich in der Tat ergötzt. Der Ernst sucht endlich den Scherz, und wieder ermüdet der Scherz, und sucht den Ernst; doch beobachtet man sich genau, trägt man in beides zu viel Absicht und Vorsatz hinein, so ist es gar leicht um den wahren Ernst, so wie um die wahre Lustigkeit geschehen.

Piano

Gehören aber wohl dergleichen Betrachtungen in eine Symphonie? Warum soll es denn so gesetzt anfangen? Ei nein! wahrhaftig nein, ich will lieber sogleich alle Instrumente durcheinanderklingen lassen!

Crescendo

Ich darf ja nur wollen, doch freilich mit Verstand, denn nicht sogleich, urplötzlich, erhebt sich der Sturm, er meldet sich er wächst, dann erregt er Teilnahme, Angst, Furcht und Lust, da er sonst nur leeres Erstaunen und Erschrecken veranlassen würde. Ist es schwer vom Blatte zu spielen, so ist es noch schwerer, vom Blatte sogleich zu hören. Aber nun sind wir schon tief im Getümmel; Pauken, schlagt! Trompeten, klingt!

Fortissime

Ha! das Getümmel, die Attacken, das Schlachtgewühl von Tönen? Wohin rennt ihr? Woher kommt ihr? die stürzen sich wie Sieger durch das lauteste Gedränge, jene fallen, verscheiden; die dort kommen verwundet, matt zurück, und suchen Trost und Freundschaft. Da trabt's heran, wie Rossesschnauben; da orgelt's tief, wie Donner im Gebirg; da rauscht es, tobt es, wie ein Wassersturz, der verzweifelnd, sich vernichten wollend, über die nackten Klippen stürzt, und tiefer, immer tiefer hinunter wütet, und keinen Stillstand, keine Ruhe findet.

Adagio

Und nun? – Was war es nun, daß ich diesem Gelüste folgte? Da liegt nun hinter mir, versunken, das erst bewegte, lebendige Gefilde, und nichts davon bleibt zurück, und ebenso eilt auch dieser Ton, der gegenwärtige, schon seinem Untergang entgegen.

Tempo primo

Doch die Erinnrung bleibt, und sie wird wieder Gegenwart: muß ich doch diese auch beleben und mit meinem Bewußtsein durchdringen; darum kann ich das was War und Ist und sein Wird in einem Zauber binden.

Violino primo solo

Wie? Es wäre nicht erlaubt und möglich, in Tönen zu denken und in Worten und Gedanken zu musizieren? O wie schlecht wäre es dann mit uns Künstlern bestellt! Wie arme Sprache, wie ärmere Musik! Denkt ihr nicht so manche Gedanken so fein und geistig, daß diese sich in Verzweiflung in Musik hineinretten, um nur Ruhe endlich zu finden? Wie oft, daß ein zergrübelter Tag nur ein Summen und Brummen zurückläßt, das sich erst später wieder zur Melodie belebt? Was redet uns in Tönen oft so licht und überzeugend an? Ach ihr lieben Leute, die Zuhörer mein ich das meiste in der Welt grenzt weit mehr aneinander, als ihr es meint; darum seid billig, seid nachsichtig, und nicht gleich vor den Kopf geschlagen, wenn ihr einmal einen paradoxen Satz antrefft; denn vielleicht ist, was euch so unbehaglich verwundert, nur das Gefühl, daß ihr dem Magnetberge nahe kommt, der in euch alle eisernen Fugen und Klammern loszieht: das Schiff, welches euch trägt, zerbricht freilich, aber hofft, vertraut, ihr kommt an Land, wo ihr kein Eisen weiter braucht.

Pizzicato mit Accompagnement der Violinen

Die paradoxen Sätze sind übrigens für verständige Leute weit seltener, als man denken sollte. Die verständigen Leute sind aber noch viel seltener.

Alle Instrumente

Es ist gar kein Zweifel, daß nicht die Versammlung der verehrten Zuschauer und Zuhörer aus dergleichen bestehen sollte, und darum freut sich so Theater als Orchester, vor einem so erlauchten oder erleuchteten Publikum zu spielen. Nur müssen alle die Geduld behalten, die Hauptugend des Lebens, ohne welche das Leben selber nicht zu tragen ist.

Forte

Alles ist fertig, die Dekoration aufgestellt, der Souffleur zugegen; mehr Zuschauer kommen auch nicht. Die Erwartung ist rege, die Neugier gespannt; nur wenige denken jetzt schon an das Ende, und daß sie alsdann fragen werden: nun, war es denn etwas Besonderes? – Gebt acht! denn das müßt ihr, um nicht alles auf den Kopf zu stellen. – Gebt aber auch nicht zu sehr acht, um nicht mehr zu sehn und zu hören, als man euch hat zeigen wollen. – Gebt acht! gebt aber ja auf die rechte Art acht! hört zu! hört zu! zu! zu!! zu!!!

Der Vorhang geht auf. Das Theater stellt ein Theater vor.
Der Epilogus tritt auf.

EPILOGUS. Nun, meine Herren, wie hat euch unser Schauspiel gefallen? Es war freilich nicht viel, indessen da ihr alles zu nehmen gewohnt seid, so war es doch immer des Annehmens wert. Man kann nicht alle Tage neu sein, und wenn man es sein könnte, würde man doch nicht alle Tage vortrefflich sein; ja sollten wir es selbst dahin bringen, alle Tage vortrefflich zu sein, so würden wir dann gewiß die Alltäglichkeit nicht mehr vortrefflich finden, sondern das Armselige käme dann gewiß zu der Ehre, für vortrefflich zu gelten.

Ihr müßt euch übrigens darüber nicht verwundern, daß ihr das Stück noch gar nicht gesehn habt, denn hoffentlich seid ihr doch insoweit gebildet, daß das bei euch nichts zur Sache tut, um darüber zu urteilen. Ei! wer hätte die Zeit, alles das zu lesen, was wir verwerfen, oder erheben! Wer wollte nur das beurteilen, was man kennt! Wahrlich, der meisten Urteil würde dann noch kleiner ausfallen, als ein Lacedämonischer Brief. Ihr seid hoffentlich schon geübt, und habt im Urteilen etwas getan, daß ihr also unsre Komödie gar nicht zu sehen braucht, um zu wissen, was an ihr ist. Der Name des Verfassers, wenn er berühmt ist, das Urteil eines guten Freundes, dem ihr Verstand zutraut, sind ja gewöhnlich die Wegweiser, die euch leiten. Oder ihr sagt mit jener hübschen Kaltblütigkeit, die einen gebildeten, überfüllten, von gelehrten Zeitungen aufgepäppelten Menschen charakterisiert: ei! es ist so übel nicht; gut genug für jene Zeit – leidlich für die bornierte Absicht – nur, freilich, fehlt es am Besten. Wie denn? Wo denn? fragt ein Wißbegieriger. O Freund, ist die Antwort, das wäre gar zu weitläufig, Sie sind zurück, wie viel Zeit wäre nötig, Ihnen die Sache klarzumachen, ich will Ihnen die vorigen schicken, wenn Sie nachgekommen sind, sprechen wir uns wieder.

Es wird aber Zeit sein, daß ich abtrete. Hinter den Kulissen herrscht große Verwirrung, und es ist am besten, ich gehe, damit ich nicht von dem Strome fortgerissen werde.

Erster Akt

Skaramuz. Der Poet.

SKARAMUZ. Nein, Herr Poet, sagt, was Ihr wollt, redet, was Ihr mögt, denkt und wendet ein, soviel es Euch nur möglich ist, so bin ich doch fest entschlossen, auf nichts zu hören, nichts zu überlegen, sondern auf meinem Willen zu bestehn, und damit Punktum!

POET. Lieber Skaramuz.

SKARAMUZ. Ich höre nichts. Da, mein Herr Poet, seht, wie ich mir die Ohren zuhalte.

POET. Aber das Stück –

SKARAMUZ. Was Stück! ich bin auch ein Stück, und ich habe auch das Recht, mitzusprechen. Oder denkt Ihr, daß ich keinen Willen habe? Meint ihr Poeten, die Herren Schauspieler wären immer gezwungen, das zu tun, was ihr ihnen befehlt? O mein Herr, die Zeiten ändern sich manchmal plötzlich.

POET. Aber die Zuschauer –

SKARAMUZ. Also, weil es Zuschauer in der Welt gibt, soll ich unglücklich sein? Ei, welcher schöne Schluß!

POET. Freund, Ihr müßt mich notwendig anhören.

SKARAMUZ. Wenn ich muß: gut. Hier sitz ich; nun redet einmal wie ein verständiger Mensch, wenn Euch das möglich ist. *Er setzt sich auf die Erde.*

POET. Wertgeschätzter Herr Skaramuz! Dieselben sind beim hiesigen Theater zu einem gewissen bestimmten Rollenfach engagiert, Sie sind mit einem Worte, um mich kurz auszudrücken, der Skaramuz. Es ist auch nimmermehr zu leugnen daß Sie es in diesem Fache so ziemlich weit gebracht haben, und kein Mensch auf der Welt ist mehr geneigt als ich, Ihren Talenten Gerechtigkeit widerfahren zu lassen; aber, mein Teuerster, deswegen sind Sie noch nimmermehr ein tragischer Schauspieler; Sie sind deswegen noch nicht imstande, einen edlen Charakter darzustellen.

SKARAMUZ. Sapperlot! das wär ich nicht imstande? Mein Seel, so edel, wie Sie ihn nimmermehr sollen schreiben können. Wenn es ausgemacht ist (wie es denn in unsern Tagen ausgemacht ist), daß eine edle Rolle einen ursprünglich edlen Menschen, Mann oder Herrn, zur Darstellung erfordert, so halte ich Ihre Äußerung für eine persönliche Beleidigung, und ich fodre hiemit die ganze Welt auf, groß und klein, mich an Edelmut zu übertreffen.

SCÄVOLA *einer von den Zuschauern.* Oh, Herr Skaramuz, mit Ihnen nimmt man es noch auf.

SKARAMUZ. Wieso? Ei, wie das? Ich muß gestehn, ich erstaune über diese Unverschämtheit.

SCÄVOLA. Nein, mein Herr, das haben Sie gar nicht Ursach. Ich bin für mein Geld hier, Herr Skaramuz, und da kann ich hier denken, was ich will.

SKARAMUZ. Die Gedankenfreiheit ist Ihnen unbenommen, aber das Sprechen ist Ihnen untersagt.

SCÄVOLA. Wenn Sie sprechen dürfen, wird es mir auch noch immer erlaubt sein.

SKARAMUZ. Und was haben Sie denn Edles getan?

SCÄVOLA. Ich habe vorgestern für meinen liederlichen Neffen Schulden bezahlt.

SKARAMUZ. Und ich habe gestern den Souffleur geschont, indem ich eine ganze Szene ausließ.

SCÄVOLA. Ich war vorige Woche bei Tisch bei guter Laune, und verschenkte einen ganzen Taler an Almosen.

SKARAMUZ. Ich zankte mich vorgestern mit dem Schneider, der mich mahnte, und behielt das letzte Wort.

SCÄVOLA. Vor acht Tagen habe ich einen besoffenen Menschen nach Hause gebracht.

SKARAMUZ. Dieser Besoffene war ich, mein Herr; aber ich hatte mich auf das Wohl unsres Landesherrn betrunken.

SCÄVOLA. Ich bekenne mich für überwunden.

SKARAMUZ. Und dafür sind Sie nun so undankbar, und kommen her, und wollen mir meinen Edelmut schmälern?

SCÄVOLA. Ich bitte um Verzeihung, Herr Skaramuz.

Pierrot stürzt herein.

POET. Was willst du, Pierrot?

PIERROT. Was ich will? Ich will heute nicht spielen, durchaus nicht!

POET. Aber warum nicht?

PIERROT. Warum? Weil ich auch endlich einmal einen Zuschauer abgeben will; ich bin lange genug Komödiant gewesen.

Wagemann, der Direktor, kommt herein.

POET. Gut, daß Sie kommen, Herr Directeur, hier ist alles in der größten Verwirrung.

WAGEMANN. Wieso?

POET. Pierrot will heute nicht spielen, sondern Zuschauer sein, und Herr Skaramuz will in meinem Stücke durchaus nichts anders, als den Apollo agieren.

SKARAMUZ. Und mit Recht, Herr Directeur; ich habe die Narren lange genug gespielt, so daß ich es nun wohl auch einmal mit den Klugen versuchen kann.

WAGEMANN. Sie sind zu strenge, Herr Poet, Sie müssen den armen Leuten etwas mehr Freiheit lassen; man muß ihnen ein bißchen durch die Finger sehn.

POET. Doch das Schauspiel, die Kunst –

WAGEMANN. Je, das fügt sich ja doch. Sehn Sie, ich denke so: bezahlt haben die Zuschauer nun einmal, und damit ist das Wichtigste geschehn.

PIERROT. Adieu, Herr Poet, ich mische mich unter die verehrungswürdigen Zuschauer. Ich will einmal über die Lampen hinweg den berühmten Sprung vom Felsen Leukate in das Parterre hineintun, um zu sehen, ob ich entweder sterbe, oder von einem Narren zu einem Zuschauer kuriert werde.

Lebe wohl du alte Liebe,
Jetzt beginnt ein neues Leben,
Und mit sehr vernünftgem Streben
Fühl ich andre Herzenstriebe.

Keine Lampe soll mich schrecken,
Kein Souffleur hält mich zurück,
Nein, ich will das ruhge Glück
Eines Auditoris schmecken.

Nun empfangt mich, wilde Wogen,
Du, Theater, fahre hin,
Zu dem herrlichsten Gewinn
Fühl ich mich hinabgezogen.

Er springt ins Parterre.

Wo bin ich? o Himmel!
Ich atme noch immer?
O Wunder! ich stehe
Hier unten? die Schimmer
Der Lichter sind dort? –
Ihr seht mich, ihr Götter!
Von Leuten umgeben;
Stolz rag ich hervor!

Wem dank ich dies Leben?
Dies bessere Leben?

DIE ZUSCHAUER.
Herr Pierrot ist zum
Zuschauer aufgenommen!
Zuschauer Pierrot sei willkommen!
Sei gegrüßt, du großer Mann!

PIERROT.
Meint ihr mich, ihr Wohlgebornen?
Nehmt ihr mich zum Bruder an?
O mein Dank soll nicht ermüden,
Weil mein Busen atmen kann.

GRÜNHELM *ein Zuschauer.* Herrlich! herrlich! bei meiner Seele herrlich! Aber, um nicht eins ins andre zu reden, so möchte ich zur Abwechselung gern einmal mitspielen, das würde mir in der Seele wohltun.

Ich zittre nur, ich stottre nur,
Und kann es doch nicht lassen,
Ich fühl's, ich geh auf falscher Spur
Und dennoch muß ich spaßen.

Er steigt zum Theater hinauf.

Und somit, Herr Skaramuz, überlaßt mir nur gutwillig Eure komische Rolle, und Ihr mögt dann, wie gesagt, den Apollo übernehmen.

SKARAMUZ. Ich stehe zu Befehl; wenn ich Ihnen mit meiner ganzen Eigentümlichkeit aufwarten kann, so haben Sie zu gebieten.

GRÜNHELM. Allzu gütig, allzu gütig, nur ganz gehorsamst zu bitten.

POET. Aber was soll denn aus meinem vortrefflichen Schauspiele werden?

PIERROT *zu den Zuschauern um ihn.* Meine Herren, unterstützen Sie des Skaramuz' Gesuch; ich versichre Sie, ich schwöre es Ihnen zu, er wird den Apollo herrlich machen.

ZUSCHAUER. Skaramuz soll den Apollo spielen, und zwar auf lautes Begehren.

POET. Nun gut, ich wasche meine Hände, ob sie mir gleich gebunden sind; das Publikum mag alles zu verantworten haben.

PUBLIKUM. Wir getrauen es uns zu verantworten.

POET. Ich bin im größten Elende – ach freilich, ist es die Bestimmung unserer Kunst, gänzlich mißverstanden und travestiert zu werden, und leider gefallen wir dann am meisten. Das Urteil, das an dem Marsyas vollzogen wurde, wird zur Vergeltung jetzt nur zu oft an der Poesie ausgeübt. Ich weiß mich vor Schmerzen nicht zu lassen. Herr Grünhelm, Sie übernehmen also das Lustigmachen?

GRÜNHELM. Allerdings, mein Herr Poet, und ich will ganz gewiß meinen Mann stehn.

POET. Wie wollen Sie's denn anfangen?

GRÜNHELM. Herr, ich habe selber lange als ein Mann gedient, der sich damit abgibt, sich amüsieren zu lassen, ich meine als Zuschauer, darum weiß ich auch genau, was gefällt. Die Leute da unten wollen nämlich unterhalten sein; das ist im Grunde der einzige Grund, warum sie so still und ruhig dastehn.

POET. Gut! aber wie wollen Sie es denn machen?

GRÜNHELM. Sehn Sie, auf den guten Willen der Zuschauer kömmt freilich das meiste an, das weiß ich so gut, wie Sie; die wahre Kunst ist daher die, diesen guten Willen so recht emporzubringen, ich meine nämlich, daß die Gutherzigkeit oben bleibt.

POET. Nun freilich, aber eben die Mittel –

GRÜNHELM. Nun, das ist ja meine Sorge, Herr Poet, darum haben Sie sich ja gar nicht zu kümmern. *Singt.*

Der Vogelfänger bin ich ja, u.s.w.

ZUSCHAUER. Bravo! Bravo!

GRÜNHELM. Nun? Sehn Sie mein Herr, das ist nur eins von meinen Mitteln. – Sind Sie nicht ziemlich gut amüsiert meine Herren?

ZUSCHAUER. Exzellent! o ganz überaus vortrefflich!

GRÜNHELM. Haben Sie eine Sehnsucht nach etwas Verständigem?

ZUSCHAUER. Nein, nein; aber nachher wollen wir ein wenig gerührt sein.

GRÜNHELM. Nur Geduld, es kann ja nicht alles in einem Haufen kommen. Vermissen Sie also wohl den ordentlichen Apollo?

ZUSCHAUER. Nicht im mindesten.

GRÜNHELM. Nun Herr Poet, was haben Sie also gegen den liebwertesten Skaramuz?

POET. Nicht das mindeste mehr, ich bin überführt. *Geht ab.*

ZUSCHAUER. Wir wollen aber auch nicht lauter Possen haben.

SKARAMUZ. Je behüt uns Gott vor solcher Sünde! Was wäre ich für ein Apollo, wenn ich das litte oder zugäbe? Nein, meine Herren, ernsthafte Sachen die Fülle, Sachen zum Nachdenken, damit doch auch der Verstand in einige Übung kömmt.

Ein Bote tritt auf.

SKARAMUZ. Was gibt's?

BOTE.

O mächtger Gott, der du mit deinem Witze
Von fernher triffst, der du die Leier schlägst,
Du, dem Homer noch manchen Namen gibt,
Die ich nicht all aus Eile nennen kann,
Ich komme dir zu sagen, daß dein Feind,
Den sonst die Sterblichen Apoll genannt,
(Weil sie in schnöder Unerfahrenheit
Die Tage ihres irdschen Daseins lebten),
Daß dieser, o Gebieter, fortgeflohn,
Und, wie man sagt, zu dieser Frist beim König
Admet der Schafe Hürden still bewahrt;
Dort übt er einsam leichte Hirtenlieder,
Und zähmt, wie uns Mythologie berichtet,
Die wilden Bären, Löwen, Panther, Tiger,
Und was ihm sonst noch vor die Fäuste kömmt,
Mit himmlischer Gewalt der Harmonie,
Die er dem silbern Saitenspiel entlockt.

SKARAMUZ. Dort mag er bleiben, und sich also auf die Idylle applizieren; daß er sich aber nur nimmermehr innerhalb der Grenzen dieses Theaters betreffen läßt, sonst soll er mit seinem Kopfe diesen Frevel büßen; – zum Überfluß mag noch ein Steckbrief in die Zeitungen gerückt werden. *Geht ab.*

BOTE. Dein Wille soll vollzogen werden.

SCÄVOLA. Ob es wohl eine Tragödie wird?

PIERROT. Nein, meine Herren, wir Schauspieler haben uns alle die Hand darauf gegeben, daß keiner von uns sterben will; folglich geht's nimmermehr durch, wenn es auch der Dichter im Sinn haben sollte.

SCÄVOLA. Es ist auch besser so, denn ich bin mit einem gar zu zärtlichen Gemüt behaftet.

PIERROT. Zum Henker, Herr, unsereins ist auch nicht von Stahl und Eisen. Ich habe die Ehre, Ihnen zu versichern, daß ich ungemein fein empfinde; hol doch der Teufel das ungebildete Wesen!

SCÄVOLA. Das sag ich auch immer, denn warum sind wir wohl sonst Menschen?

PIERROT. Und sogar Zuschauer?

SCÄVOLA. Ei freilich hat das Ding sehr viel auf sich; so ein Zuschauer ist gleichsam das Höchste, was man werden kann.

PIERROT. Freilich! Sind wir denn nicht mehr, als alle die Kaiser und Fürsten, die dort nur vorgestellt werden?

SCÄVOLA. Eben darum müssen wir uns auch ganz gewaltig in der Bildung erhalten.

PIERROT. Hochmut will Zwang haben.

SKARAMUZ. Aber tausend Element! wo bleibt denn, ins Henkers Namen, mein Parnaß?

GRÜNHELM. Es ist auch wahr, ich will ihn den Augenblick schicken. *Ab.*

WAGEMANN. Nun ist ja wohl alles in Ordnung. Adieu, Herr Skaramuz.

SKARAMUZ. Ergebenster, bitte der Frau Gemahlin meine gehorsamste Empfehlung zu machen. *Der Directeur geht ab. Vier Statisten bringen den Parnaß herein.* Nur da hingestellt – so – etwas hier weiter her, damit ich den Souffleur besser hören kann. *Er steigt hinauf und setzt sich.* Recht schön sitzt es sich hier. – Wieviel trägt mir aber der Berg ein? Wer weiß mir das zu sagen? – Der Schatzmeister soll kommen.

SCHATZMEISTER *tritt auf.*

SKARAMUZ. Was trägt mir der Berg jährlich?

SCHATZMEISTER. Unter Dero Vorweser war der Kastalische Quell die einzige Einnahme.

SKARAMUZ. Was war das für ein Quell? Ein Gesundbrunnen etwa? ein Sauer- oder Schwefelbrunnen? Wurde er viel verschickt? Wie teuer verkaufte man die Flasche?

SCHATZMEISTER. Er wurde selten verschickt, und das wenige wurde verschenkt. Fast niemand wollte das Wasser gut finden; Ihr Vorweser, der *ci-devant Apollon* mochte es gern.

SKARAMUZ. Und weiter nichts? Hängt kein Vorwerk mit dem Berge zusammen, kein Wiesenwachs? Was hab ich an Vieh, an Gänsen, Hühnern und dergleichen einzunehmen?

SCHATZMEISTER. Von allen diesem weiß ich nichts.

SKARAMUZ. O so muß ich notwendig meine Grundstücke verbessern; da mag der Henker Euer Apoll sein, wenn so ein magres Einkommen bei der Stelle ist. – Und auch keine Zehnden?

SCHATZMEISTER. Nichts von dieser Art.

SKARAMUZ. Es sind doch etwa nicht noch gar Schulden auf dem Berg.

SCHATZMEISTER. Nein, Ihro Majestät.

SKARAMUZ. Nun, das ist gut. So müßt Ihr, Schatzmeister, aber gleich Geld aufnehmen, der Kreditor hat die erste Hypothek. – Steht der Parnaß in der Feuerkasse?

SCHATZMEISTER. O ja.

SKARAMUZ. So sind wir also vor Unglück gesichert. – Eine Brauerei und ein Backhaus soll da unten zu meinen Füßen angelegt werden.

SCHATZMEISTER. Ganz wohl.

SKARAMUZ. Die Gemein-Weiden werden abgestellt; mit dem Pegasus und allem übrigen Vieh, das mir gehört, wird die Stallfütterung eingeführt.

SCHATZMEISTER. Ganz wohl.

SKARAMUZ. Ihr werdet die Bücher darüber gelesen haben, es ist von ausgemachtem Nutzen. – Die Zuschauer haben doch die Komödie bezahlt?

SCHATZMEISTER. Ja, Ihro Exzellenz.

SKARAMUZ. Ich erlasse ein strenges Verbot, daß alle Freibillets aufhören sollen.

SCHATZMEISTER. Das sind aber alles ganz neue Einrichtungen, mein König, von denen Griechenland nichts wußte.

SKARAMUZ. Was Griechenland! Wir leben jetzt gottlob in bessern Zeiten. – Apropos, gut, daß ich daran denke. Du sagtest mir vorher vom Kastalischen Brunnen; aus dem Dinge muß ein Gesundbrunnen gemacht werden.

SCHATZMEISTER. Wie ist das möglich?

SKARAMUZ. Die Möglichkeit ist meine Sorge; genug, daß ich viel Geld dafür einnehmen werde; denn ich will den Leuten weismachen lassen, daß sie sich alle Gebrechen der Seele und des Leibes mit diesem Wasser heilen können – aber – umsonst ist der Tod.

SCHATZMEISTER. Ihr Vorgänger kannte keine einzige Münzsorte.

SKARAMUZ. Das war auch ein Narr, und ein Mensch, der, wenn man ihn beim Lichte besieht, in die fabelhaften Zeiten fällt. Jetzt aber hat die Aufklärung um sich gegriffen und ich regiere. – Laßt mir einmal die Musen kommen.

Schatzmeister ab.
Die Neun Musen treten auf, und verneigen sich.

SKARAMUZ *mit leichtem Kopfnicken.* Freut mich, die wertgeschätzten Mademoisells kennenzulernen. Hoffe, wir sollen uns immer gut vertragen. Sie wohnen nun bei mir auf dem Parnaß zur Miete; wenn Sie ausziehn wollen, müssen Sie mir ein Vierteljahr vorher aufkündigen. – Wie heißen Sie denn, mein schönes Kind.

MELPOMENE. Ich bin Melpomene.

SKARAMUZ. Sie sehn so bekümmert aus.

MELPOMENE. Ach, Herr Apollo! ich bin aus einem sehr guten Hause. Mein Vater war Hofrat, und der Edle ließ mir eine unvergleichliche Erziehung zukommen. Ach! wie war ich in meiner guten Eltern Hause glücklich, und wie bestrebte ich mich, eine gute zärtliche Tochter zu sein! Ich hatte auch einen Geliebten, aber dieser verließ mich aus Stolz, weil er sich hatte adeln lassen; meine Eltern starben nachher vor Kummer. Ein guter Mensch, unser Hausdoktor, nahm sich zwar meiner an, aber er war zu arm, als daß er mich hätte heiraten können, und so bin ich denn aus Desparation unter die Musen gegangen. Hab ich nun nicht ein Recht, traurig zu sein?

SKARAMUZ. Ja wohl, mein Kind, aber ich will als ein Vater für Sie sorgen.

SCÄVOLA *zu einem andern.* Nun seht doch um Gottes willen, wie mir da schon die Tränen aus den Augen laufen.

DER ANDERE. Ei Gevatter, so schont Euch doch zum fünften Akt.

SKARAMUZ. Und wer sind Sie, schönes Kind?

THALIA. Danke der gütigen Nachfrage, mein Herr; mit meinem Taufnamen heiße ich Thalia, ich habe lange bei den wertgeschätzten Eltern dieser guten Person gedient, und da will ich auch jetzt nicht von ihr lassen, sondern bin ihr sogar bis unter die Musen gefolgt.

SKARAMUZ. Warte den letzten Akt ab, so kann deine Treue unmöglich unbelohnt bleiben. – Wo ist mein Stallmeister?

Der Stallmeister kömmt.

SKARAMUZ. Den Pegasus, ich will spazierenreiten. – *Stallmeister ab, und kommt sogleich mit einem aufgezäumten Esel zurück.* Hilf mir.

STALLMEISTER. In welchem Silbenmaße wollen sich Ihre Gnaden heut erlustigen?

SKARAMUZ. O Narr, ich will eine schlichte vernünftige Prosa reiten. Denkst du, daß ich mich vom alcäischen Vers will zerstoßen lassen, oder gar in den verfluchten Proceleusmatikern den Hals brechen? Nein, ich liebe Vernunft und Ordnung.

STALLMEISTER. Ihr Vorfahr flog immer in der Luft.

SKARAMUZ. Redet mir von dem Kerl nicht mehr; das muß ja ein rechter Hans Narr, ein rechter exzentrischer Esel gewesen sein. In der Luft zu fliegen! Nein, die Luft hat keine Balken, ich lobe mir die Erde. – Adieu, meine Freunde! ich will nur eine kleine Abhandlung über den Nutzen der Familiengemälde reiten, und bin gleich wieder da. *Er reitet langsam fort.*

Der Vorhang fällt.

SCÄVOLA. Das war nun nämlich die Einleitung.
PIERROT. So ein erster Akt ist immer zum Verständnis notwendig.
DER ANDERE *zu Scävola.* In dem Stück liegt viel Moral.
SCÄVOLA. Gewiß, ich fange schon an, besser zu werden.
PIERROT. Die Musik!

Orchester

Adagio. As Moll

Wie alles forteilt! Wie in dieser Sterblichkeit so gar nichts standhält! Womit willst du das Leben des Menschen vergleichen? Mit dem Schatten? Mit der Wolke? Ach! beide sind immer noch zuverlässiger, als dieser Hauch, der uns jetzt beseelt, und im nächsten Augenblicke verschwunden ist.

So erfüllt jetzt der schmeichelnde Ton der Musik die Luft, und jede Luftwelle erzittert vor Freude, und doch darf nur der Finger innehalten, so verstummen alle diese beredten Geister, so fällt das glänzende Gebäude zusammen, und keine Spur aller der Kristalle und funkelnden Regenbogen bleibt zurück, die sich jetzt so majestätisch auf und nieder bewegen. Wenn nicht alles vergänglich wäre, o was fänden wir dann noch zu klagen Ursach?

Das Lachen schweigt, die Begebenheiten des Stücks laufen zu Ende, der Vorhang fällt endlich zum letztenmal, die Zuschauer gehn nach Hause. Einmal kommen sie dann nicht wieder, sie sind fortgegangen, niemand kann sagen, wohin; niemand kann sie erfragen, keiner betritt die schreckliche, grauenvolle Wüste, der jemals wiederkäme. Ach du schwaches, leichtzerbrechliches Menschenleben! Ich will dich immer als ein Kunstwerk betrachten, das mich ergötzt und das einen Schluß haben muß, damit es ein Kunstwerk sein und mich ergötzen könne. Dann bin ich stets zufrieden, dann bin ich von gemeiner Freude und von dem lastenden Trübsinne gleich weit entfernt. O daß nur alle Freunde mit mir bleiben, bis ich selber nicht mehr bin, daß sie kein Seufzer und keine Träne vergebens suchen darf.

Zweiter Akt

Erste Szene

Freies Feld.

APOLLO *bei seiner Herde.*
Wie freundlich lächelt mir die stille Gegend,
Die gern und liebevoll den Gott empfängt.
Hier hör ich früh der Lerche muntres Lied,
Die sich mit hellen Tönen aufwärts schwingt,
Die Nachtigall aus dichtbelaubten Büschen,
Den stillen Gang der Wasser, die melodisch
Durch Felsen unter Efeuranken irren;
Wie spielende Weste durch meine Locken flattern,
Und mich der holde Geist der Einsamkeit
Mit seinen süßen Flügeln lieblich fächelt;
Das Rohr des Flusses girrt in leisen Tönen,
Die Eiche braust und spricht mit ernster Stimme,
Aufmerksam horcht der junge kleine Wald
Und hält die zarten Blätter unbewegt.
Ob mir ein ländlich Lied gelingen mag
Will ich nach Hirtenweise jetzt versuchen.

Wohl dem Mann, der in der Stille
Seine kleine Herde führt,
Weit von Menschen, in der Hülle
Dunkler Bäume sie regiert.
Wo er wohnet, sind die Götter,
Sitzen bei dem kleinen Mahl,
Ewig sonnt ihn Frühlingswetter,
Fern von ihm die rege Qual,
Die mit ihren schwarzen Flügeln
Um den Unzufriednen schwärmt,
Daß er sich von Tal zu Hügeln
Und von Hügeln talwärts härmt.
Aber hier ist Abendröte
Widerschein von Morgenrot,
Und die kleine Schäferflöte
Klinget bis zu unserm Tod.

Mopsa und Phyllis kommen.

MOPSA.
Wie lieblich klingt dein Lied, holdselger Schäfer,
Es lockte uns vom Wald ins freie Tal.

PHYLLIS.
Ich hörte niemals noch so süße Stimme.

APOLLO.
Sollt ihr den Sänger nicht begeistern? Kühn
Fliegt von der Lippe der Gesang, das Bild
Von euch macht jeden Ton melodisch süß.

PHYLLIS.
Willst du mit uns das Wechselliedchen singen,
Das du uns gestern lehrtest?

APOLLO.
Fang nur an.

PHYLLIS.
Warum in der Brust dies Schmachten?
Will kein Gott denn meiner achten?

MOPSA.
Ach, so süße herbe Tränen,
Ach, ein wunderbares Sehnen –

APOLLO.
Liebe, Liebe überwindet,
Wo sie zarte Herzen findet.

PHYLLIS.
Was ist Liebe? Was ist Sehnen?

MOPSA.
Warum diese ewgen Tränen?

APOLLO.
Liebe glänzt im nassen Blick,
Trän und Glanz spricht nur ihr Glück.

ALLE.
Wundern sollen dich nicht Schmerzen,
Die die Brust mit Wonne füllen,
Und den Blick in Tränen hüllen,
Denn in diesen schönen Schmerzen
Lernen lieben unsre Herzen.

Aulicus und Myrtill kommen.

AULICUS. Singt ihr schon wieder eure abgeschmackten Gesänge? Schäfer, Ihr macht uns alle unsre Mädchen abspenstig, und das soll Euch am Ende übel geraten.

MYRTILL. Lauter Gesang und Klang und Klang und Gesang erfüllt jetzt unsre Felder, das ist nicht auszuhalten. Die Schäferinnen sprechen von nichts als Lied und Liebe, und Liebe und Lied, und Lied und Liebe, und so immer fort; ich für meine Person sage: das ist dumm!

AULICUS. Freilich ist's dumm, das ist gar keine Frage.

PHYLLIS. Aber was habt ihr uns denn zu befehlen?

MYRTILL. Ihr seid in uns verliebt, und da haben wir euch sehr viel zu befehlen.

Der alte Damon tritt auf.

DAMON. Nun ja, da steht ihr hier, wie die Narren, und der Wolf macht sich unterdes in euren Herden lustig.

MYRTILL. Der Wolf? Nun wahrhaftig, der Kerl soll zum längsten ein Wolf gewesen sein. Kommt! der soll davon zu sagen haben, wieviel Wolle er lassen muß.

Sie gehen ab.

Zweite Szene

Straße.

GRÜNHELM. Es ist schwer, seht ihr, auf lange Zeit einen Lustigmacher abzugeben, und die Rolle des Apollo ist bei weitem leichter. Das hat Herr Skaramuz auch recht wohl gewußt, und darum ist er so erpicht darauf gewesen. Man kann nicht zwei zu zwei addieren, ohne in die Gefahr zu kommen, sich zu verrechnen, und manches Zeug sieht in der Ferne recht witzig aus, was in der Nähe nur eine absolute Dummheit ist. Indes wer noch nie einen Kanarienvogel gesehen hat, mag vielleicht einen Sperling dafür halten, und wie man sich die Sachen will schmecken lassen, so schmecken sie einem fast immer. Da kömmt ja die Muse.

THALIA *kömmt.*

GRÜNHELM. Nun, meine schönste Lisette –

THALIA. Herr Grünhelm!

GRÜNHELM. Oder hören Sie sich lieber Kolombine nennen?

THALIA. Das ist mir nun fast ganz einerlei, denn Name ist Name. Sind Sie wohl imstande zu lieben, Herr Grünhelm?

GRÜNHELM. Ei warum das nicht? Ihre schöne Physiognomie hat mich schon seit lange entzückt.

THALIA. Ach, wenn wir nur erst miteinander verheiratet wären!

GRÜNHELM. Ja wohl, mein Schätzchen, das ist ja Tag und Nacht mein Wunsch.

THALIA. Wir lieben uns doch gewiß recht innig.

GRÜNHELM. Das wollte ich wohl beschwören.

SCÄVOLA. Ob wohl ein Gewitter in dem Stück vorkömmt?

PIERROT. Wenn wir's begehren, bequemen sie sich schon darnach.

DER ANDRE. Gevatter, ja, wir wollen ihnen das Gewitter nicht schenken.

GRÜNHELM. Meine Herren, ein Gewitter ist ein ganz gutes Ding, aber es paßt da in unser Stück gar nicht hinein.

SCÄVOLA. Ach was, passen! Es soll passen und muß passen!

PIERROT. Es muß biegen oder brechen; wir wollen ein Gewitter haben.

GRÜNHELM. So komm nur, meine Geliebte, und laß uns unter Dach und Fach kommen, da das grausame Publikum nach dem Donnerwetter verlangt.

THALIA. Unter Dach und Fach sind wir leicht; ich wollte, ich wäre ebenso geschwind unter die Haube gebracht. *Geht.*

GRÜNHELM.

O ihr Götter! hört mein Flehen,
Rührt das Herz der stolzen Spröden,
Die sich nimmer will entblöden
Kalt mein Elend anzusehen.
Ja, das Letzte will ich wagen,
Will noch einmal zu ihr gehen,
Kürzlich ihr den Jammer klagen
Und in meinen alten Tagen
Endlich doch die Ruhe sehen.

Ab.

Dritte Szene

Wald. Gewitter.
Skaramuz auf seinem Esel.

SKARAMUZ. Wo, Henker, kommt denn das Gewitter her? davon steht ja kein einziges Wort in meiner Rolle. Was sind das für Dummheiten! Und ich und mein Esel werden darüber pudelnaß.

Ei das steht mir gar nicht an. – Maschinist! Maschinist! so halt Er doch ins Teufels Namen inne! – *Es donnert und blitzt.* Höre mich Schlingel von einem Maschinisten! Wie kannst du dich unterstehen, Donner und Blitz so zu verschwenden? Das sollst du mir gewiß teuer bezahlen. – Ich sage, halt mit dem Donnern inne.

Maschinist tritt auf.

MASCHINIST. Herr Skaramuz, ich kann nicht dafür, denn es muß sein.

SKARAMUZ. Muß sein? Ich sage aber, es muß durchaus nicht sein! Wer hat hier zu befehlen?

MASCHINIST. Das Publikum hat es so gewollt.

SKARAMUZ. Ist das wahr, meine Herren?

ZUSCHAUER. Ja, wir haben es ihm so befohlen.

SKARAMUZ. Aber, meine Herren, ich werde naß.

SCÄVOLA. Wir wollen uns eben an dergleichen Leiden ergötzen, denn Lukrez sagt, wie bekannt: *suave mari magno etc.*

SKARAMUZ. Lukrez sagt mir das zum Possen. – – Meine Herren, lassen Sie das Gewitter aufhören.

ZUSCHAUER. Nein, es soll bleiben.

SKARAMUZ. In einem stillen, sanften, historischen Schauspiel –

ZUSCHAUER. Es soll eben etwas fürchterlich werden.

SKARAMUZ. Müssen denn auch die Götter von der Wut der Elemente leiden? Ja, ja, jetzt erfahr ich es in der Tat, daß auch über uns ein dunkles, unausweichbares Fatum waltet. – O ihr undankbaren Zuschauer! Habe ich euch darum den Apollo vertrieben, habe ich euch darum von der Poesie erlöst, daß ihr es mir nun so schnöde vergelten müßt?

MASCHINIST *fährt mit dem Gewitter fort.*

SKARAMUZ. Ich leide von eurer Wut, aber ich will es euch gewiß gedenken. Wenn mir vom Regen der Esel da verdorben wird, so könnt ihr euch nur nach einem neuen für mich umsehn. Daß ihr's nur wißt, meine Herren, es ist der Pegasus; er ist mehrmals in Kupfer gestochen, und nun muß er so im Regenwetter dastehn, und hat nicht einmal einen Mantel umzuhängen. – O mein Kopf fängt an zu schwärmen.

MASCHINIST. Herr Skaramuz, ich glaube es wird bald vorbei sein.

SKARAMUZ. Im Grunde ist er doch meinesgleichen, und die Menschenliebe gebietet mir, ihn zu bemitleiden. – Da, hier will ich dich mit meinem Mantel bekleiden, ich will mich in meine Vernunft und Philosophie einhüllen, die dir gänzlich mangeln. –

Wenn ich's recht bedenke, so kann es gar nicht anders sein, als daß einen der Regen naß macht.

SCÄVOLA. Gehn Sie bald ab, Herr Skaramuz?

SKARAMUZ. Warum, mein Geehrtester?

SCÄVOLA. Die Szene greift mich zu sehr an, das alles ist für mich ein bißchen zu erhaben.

SKARAMUZ. Ha ha, wie tut's? Im Regen stehn, ist noch schlimmer. Ja, mein Bester, bei uns geht es manchmal verteufelt hoch her.

SCÄVOLA. Gehn Sie doch lieber ab, bester Mann; denn wenn ich zu sehr angegriffen werde, so haben Sie nachher für den Schaden zu stehn.

SKARAMUZ. Laßt mich noch erst mit diesem gelehrten Thebaner sprechen. – Worauf legst du dich?

MASCHINIST. Donner und Blitz zu machen, auch zieh ich die Löwen und Wölfe an, der Esel da ist auch von meiner Erfindung; wer sollte wohl in ihm einen von unsern Schauspielern wiedererkennen?

SKARAMUZ. So bist du also imstande, aus einem schlechten Schauspieler einen guten Esel zu machen? Und das nennt ihr Maschinerie, was sich von selber macht? – Wie entsteht der Donner?

MASCHINIST. Ich habe hier gestoßenen Kolophonium, den blase ich durch ein Licht, so wird daraus der Blitz; in demselben Augenblick wird oben eine eiserne Kugel gerollt, und das bedeutet dann den Donner.

SKARAMUZ. Gut, folge mir. – Meine Herren da unten! ich hoffe Sie alle gesund wieder nach Hause zu liefern, aber weiter hab ich Sie dann nicht zu verantworten. *Er steigt wieder auf den Esel und reitet fort.*

MASCHINIST. Ist's erlaubt, das Donnerwetter zu beendigen?

PIERROT. O ja; nun muß wieder was Häusliches kommen.

MASCHINIST. Rekommandiere mich; ich wohne hier gegenüber in dem großen Eckhause, wenn etwa Nachfrage nach mir sein sollte. Ich verstehe es auch vortrefflich, Feuerwerke zu arrangieren, und mit Geschmack eine Illumination einzurichten. *Geht ab.*

SCÄVOLA. Das war eine sogenannte große Szene.

DER ANDRE. Ja, Gevatter, da herrscht schon mehr der englische Schwung drin. Ihr werdet die englische Literatur gelesen haben.

SCÄVOLA. Ja freilich! Hab ich doch in meiner Jugend sogar die englische Krankheit gehabt.

Vierte Szene

Wirtsstube.

DER WIRT. Wenige Gäste kehren jetzt bei mir ein, und wenn das so fortwährt, so werde ich am Ende das Schild noch gar einziehen müssen. – Ja sonst waren noch gute Zeiten, da wurde kaum ein Stück gegeben, in welchem nicht ein Wirtshaus mit seinem Wirte vorkam. Ich weiß es noch, in wie vielen hundert Stücken bei mir in dieser Stube hier die schönste Entwickelung vorbereitet wurde. Bald war es ein verkleideter Fürst, der hier sein Geld verzehrte, bald ein Minister, oder wenigstens ein reicher Graf, die sich alle bei mir aufs Lauern legten. Ja sogar in allen Sachen, die aus dem Englischen übersetzt wurden, hatte ich meinen Taler Geld zu verdienen. Manchmal mußte man freilich auch in einen sauern Apfel beißen, und verstelltes Mitglied einer Spitzbubenbande sein, wofür man dann von den moralischen Personen rechtschaffen ausgehunzt wurde; indessen war man doch in Tätigkeit. – Aber jetzt! – Wenn auch jetzt ein fremder reicher Mann von der Reise kommt, so quartiert er sich originellerweise bei einem Verwandten ein, und gibt sich erst im fünften Akt zu erkennen; andere kriegt man nur auf der Straße zu sehn, als wenn sie in gar keinem honetten Hause wohnten; – dergleichen dient zwar, die Zuschauer in einer wunderbaren Neugier zu erhalten, aber es bringt doch unsereins um alle Nahrung.

Anne tritt auf.

ANNE. Ihr seid so verdrüßlich, Vater.

WIRT. Ja, mein Kind, ich bin mit meinem Stande sehr unzufrieden.

ANNE. Wünscht Ihr denn etwas Vornehmeres zu sein?

WIRT. Das gerade nicht; aber es ärgert mich unbeschreiblich, daß nach meinem Stande nicht die mindeste Nachfrage geschieht.

ANNE. Ihr werdet gewiß mit der Zeit in die vorige Achtung kommen.

WIRT. Nein, liebe Tochter, denn die Zeiten lassen sich sehr schlecht dazu an. O daß ich nicht ein Hofrat geworden bin! Sieh fast alle jetzigen Komödienzettel nach, und immer steht unten: die Szene ist im Hause des Hofrats. – Wenn es länger so fortgeht, lasse ich mich zum Kerkermeister machen, denn die Gefängnisse kommen doch noch in vaterländischen und Ritterstücken vor. – Aber mein Sohn soll durchaus nichts anders als Hofrat werden.

ANNE. Tröstet Euch lieber Vater, und hängt Eurer Melancholie nicht so nach. – Wie war es doch damals, als der Waltron erschien? Wißt Ihr noch, wie zu jener Zeit manche Schauspiele fast nur aus Gewehr präsentieren, Salutieren, Trommelschlag, Reveille und Schießen bestanden? Einen andern Menschen als Soldaten wurde man gar nicht gewahr. Und wie ist dieser Stand jetzt auch vernachlässigt, so daß kaum noch hie und da ein einzelner Obrist sich in den gangbaren Stücken blicken läßt?

WIRT. Was gilt's, ich arbeite mich noch selber zum Poeten um, und erfinde eine neue Dichtart, die die Hofratsstücke verdrängen soll, und in denen die Szene immer im Wirtshause spielt.

ANNE. Tut das, lieber Vater, ich will die Liebesszenen auf mich nehmen.

WIRT. Still! – Es fährt wahrhaftig ein Wagen vor. – Sogar eine Extrapost! lieber Himmel, wo muß der unwissende Mensch herkommen, daß er bei mir einkehrt?

Ein Fremder tritt herein.

FREMDER. Guten Morgen, Herr Wirt.

WIRT. Diener, Diener von Ihnen, gnädiger Herr. – Wer in aller Welt sind Sie, daß Sie inkognito reisen und bei mir einkehren? Sie sind gewiß noch aus der alten Schule; gelt, so ein Mann vom alten Schlage, vielleicht aus dem Englischen übersetzt?

FREMDER. Ich bin weder gnädiger Herr, noch reise ich inkognito. – Kann ich diesen Tag und die Nacht hier logieren?

WIRT. Mein ganzes Haus steht Ihnen zu Befehl. – Aber, im Ernst, wollen Sie hier in der Gegend keine Familie unvermuteterweise glücklich machen? oder plötzlich heiraten? Oder eine Schwester aufsuchen?

FREMDER. Nein, mein Freund.

WIRT. Sie reisen also bloß so simpel, als ein ordinärer Reisender?

FREMDER. Ja.

WIRT. Da werden Sie wenig Beifall finden.

FREMDER. Ich glaube, der Kerl ist rasend.

Postillion kömmt.

POSTILLION. Hier ist Ihr Koffer, gnädiger Herr.

FREMDER. Und hier ist dein Trinkgeld.

POSTILLION. O das ist wohl zu wenig. – Ich bin den Berg herunter so herrlich gefahren –

FREMDER. Nun da!

POSTILLION. Großen Dank. *Geht ab.*

FREMDER. Ob ich sie noch wiederfinde? – O wie sich alle meine Gedanken nach der geliebten Heimat wenden! Wie soll ich den Anblick ertragen, wenn sie mir wieder gegenübersteht? Wenn die Vergangenheit mit allen Freuden und Schmerzen an mir vorüberzieht? O du armer Mensch! was nennst du Vergangenheit? Gibt es denn eine Gegenwart für dich? Zwischen der verflossenen Zeit und der Zukunft hängst du an einem kleinen Augenblick mitteninne, und jede Freude geht nur schnell vorbei, und vermag gar nicht in dein Herz zu dringen.

WIRT. Wenn's zu fragen erlaubt ist, so vermute ich, Dieselben sind aus einem alten verlegenen Stück, das ein unbekannter Verfasser so etwas neu aufgestutzt hat?

FREMDER. Was?

WIRT. Wenn Sie nur Beifall finden! – Geld müssen Sie doch wenigstens haben; oder dient es etwa in Ihrem Kram, daß Sie sich arm stellen?

FREMDER. Sie sind sehr neugierig, Herr Wirt.

WIRT. Das muß ich sein, mein Herr, da können Sie jeden Sekundaner fragen. Das Alter muß alt sein, Telephus muß als Bettler erscheinen, der Sklave muß seinem Stande gemäß sprechen. Sie dürfen nur die *ars poetica* nachschlagen, und der bin ich als Wirt auch unterworfen.

FREMDER. Ich danke Ihnen für die schöne Raserei, von dieser echten Rarität hab ich bis jetzt noch keine angetroffen. – Haben Sie die neusten Zeitungen?

WIRT. Hier! ein merkwürdiger Steckbrief ist darin abgefaßt.

FREMDER *liest.* »Es ist aus gefänglichem Gewahrsam ein Landstreicher gebrochen, der sich für den Apollo auszugeben pflegt. Er ist an einem silbernen Bogen kennbar und gelocktem Haar, jugendlichen Angesichts und pflegt viel zu singen, auch in der Luft zu fliegen. Es will verlauten, daß er sich als Schäfer soll verdungen haben. Jede Obrigkeit wird gebeten, ihn auszuliefern, da an diesem Verbrecher viel gelegen ist. Die etwanigen Unkosten sollen ersetzt werden.«

WIRT. Man soll dem Spitzbuben schon auf der Spur sein.

FREMDER. Ich habe ihn sonst recht gut gekannt, und es ihm oft vorhergesagt, daß es so weit mit ihm kommen würde, da er sich durchaus auf keine ernsthafte Studien legen wollte. Das kömmt von der Belletristerei, wenn man sie nicht zum Nutzen der Menschheit anwendet. – Weiß man nicht, was er verbrochen hat?

WIRT. Er soll sich unterstanden haben, die Phantasterei einzuführen, hat Tragödien geschrieben, und darin auf das Schicksal und die

Götter geflucht, hat die moralische Tendenz durchaus vernachlässigt; in Summa, er hat der ganzen kultivierten Welt ein großes Ärgernis gegeben.

FREMDER. Es sollte an ihm ein Exempel statuiert werden.

WIRT. Wenn sie seiner habhaft werden, wird es gewiß daran nicht ermangeln.

FREMDER. Führen Sie mich auf mein Zimmer. *Sie gehn ab.*

Fünfte Szene

Am Parnaß.
Bäcker und Brauer.

BÄCKER. Nun können wir doch erst sagen, Meister Brauer, daß wir im Lande einen reellen Parnaß haben.

BRAUER. Und das Getränk, was ich da fabriziere, mein lieber Bäcker, wahrlich, das ist ein andres Gesöff, als die alte Hippokrene.

BÄCKER. Ich mag gern bei Euch trinken, das ist gewiß, aber das Zeugs steigt einem sogleich so in den Kopf, daß man nicht weiß, wo einem der Kopf steht.

BRAUER. Darum bekümmere ich mich in meinem Leben nicht, wenn ich nur für meine Person weiß, wo das Maul sitzt.

BÄCKER. Aber liegen nicht die Gebäude niedlich da unten am Berge?

BRAUER. O die Aussicht hat etwas Vortreffliches.

BÄCKER. Und unser gnädigster Apoll –

BRAUER. Seinesgleichen muß gar nicht gefunden werden. – Da kommen meine Gäste.

Verschiedene Gäste treten auf.

ERSTER GAST. Gevatter, ich bin ganz begeistert, das ist Euch ein Trunk wie höllisches Feuer.

ZWEITER GAST. Nachdem's fällt, nachdem's fällt – la, la – ja, wie's fällt.

ERSTER GAST. Er wird selbst fallen, und dann kommt's darauf an, nachdem er fällt, ob er sich nicht ein Loch in den Kopf fällt.

DRITTER GAST. Tragt den Besoffenen – so – soffenen nach Hause.

VIERTER GAST. Kommt; ich für meine Perschon, seht Ihr, als wenn ich sagen wollte Ich, als zum Exempel Ich, so wie ich Euch da vor mir sehe und vor mir stehe, ich kann keine besoffene Perschon, wenigstens für meine Perschon, ausstehn. So viel davon, aber kein Wort weiter; denn, wie man zu sagen pflegt, es sind doch nur unnütze Reden, und da sogar der große Nebukadnezar hat auf allen vieren gehen müssen, nun – warum wollen wir uns denn schämen? So pfleg ich nur immer zu sagen.

ERSTER GAST. Ganz recht, und du pflegst auch immer ein Flegel zu sein.

VIERTER GAST. Was? hab ich deswegen mit dir Gleichheit und Brüderschaft und Menschenwert getrunken, daß du mich so öffentlich verschimpfieren tust? Vor all den ehrbaren Herren? Heraus, wenn du Herz hast!

ERSTER GAST. Herz? – Aber wo ist dein Verstand? der ist im Bierkruge hängengeblieben.

VIERTER GAST. So hängt er doch noch irgendwo; aber wenn man dich auch an den Galgen hinge, so würde dein Verstand doch nirgends hängen, denn solchen Schimpf wird sich, was nur einen Funken Verstand hat, doch wohl nimmermehr selber antun, daß es in deinem Dummkopf eine Herberge suchte.

BRAUER. Lieben Leute, vertragt euch doch friedlich; da ihr alle von einem Biere getrunken habt, solltet ihr billig alle auch einerlei Gesinnung hegen.

VIERTER GAST. Nimmermehr will ich mir einen solchen Schimpf antun lassen, vollends wenn ich aus der Tabagie komme.

DRITTER GAST. Lieber möcht ich ohne weitere Umstände ein Esel sein.

ZWEITER GAST. Oben an und nirgend hinaus, so ist es mit dem Brauer, und drum sucht er auch immer den Hopfen zu sparen.

ERSTER GAST. Nach meiner unmaßgeblichen Meinung sollten wir gleich wacker auf ihn zuschlagen.

VIERTER GAST. Schon deswegen, weil er ein Brauer ist.

ZWEITER GAST. Wie lange quält er nicht die arme Gerste, bis sie sich von ihm zu Bier machen läßt.

DRITTER GAST. Das hatt ich vergessen! Gut, daß Ihr mich zur rechten Zeit erinnert. Er soll nicht leben bleiben.

ERSTER GAST. Es wäre übel getan, wenn wir irgendeinen Brauer leben ließen. –

Sie fallen über ihn her.

BRAUER. Schützt die Braugerechtigkeit! – Hülfe von wegen der Obrigkeit!

Skaramuz reitet auf seinem Esel herein.

SKARAMUZ. Was gibt's hier, Leute? – Ins Teufels und in der Obrigkeit Namen, haltet Friede! – he! Wache!

Die Wache kömmt.

SKARAMUZ. Bringt die Leute auseinander. – Was hat's denn gegeben?

BÄCKER. Mein König, ich bin ein ruhiger Zuschauer gewesen, und kann also am besten davon urteilen. Der Brauer ist ganz unschuldig, aber in der poetischen Begeisterung suchten die Gäste Händel.

SKARAMUZ. Er muß das Bier nicht so stark brauen, sonst geraten mir meine Untertanen doch noch auf die Dithyrambe, und das soll nicht sein. – Geht nach Hause, lieben Leute, und beruhigt euch; aus dergleichen Händeln kann doch nichts herauskommen.

VIERTER GAST. Warum nicht? Ich frage immer gern, warum?

SKARAMUZ. Daß ich ihn nicht mit seinen anstößigen Reden der Hauptwache anvertraue, da soll ihm die Begeisterung bald verrauchen. *Die Gäste gehn ab.* Die Musen sollen auftreten. *Er besteigt den Parnaß und setzt sich.*

BRAUER. Ich will nur nach Hause gehn.

BÄCKER. Ich ebenfalls, denn ich muß meinen Ofen heizen.

Sie gehn in den Parnaß hinein.
Die Musen kommen.

SKARAMUZ. Seid ihr alle vollzählig? Es muß immer genaue Anfrage geschehen, daß mir keine Muse unversehens entwischt, denn die Wissenschaften müssen in ihrer Blüte beileibe nicht gestört werden. – Jetzt singt mir ein Lied.

DIE MUSEN *singen.* Unser allergnädigster Monarch ist heut in eigener Person auf seinem Esel zurückgekommen, und hat sich sogleich auf die Spitze des Parnasses verfügt, allwo er geruhte, das königliche Szepter in seine Hände zu nehmen, und damit sein beglücktes Land zu regieren. Ihm haben die Untertanen die neue Brauerei zu verdanken, er hat uns einen löblichen Bäcker eingesetzt, und der Staat verspricht sich außerdem noch von seiner Weisheit die allervollkommensten Einrichtungen. Die Unsterblichkeit ist ihm so gewiß, als die Liebe seiner Untertanen, als die Bewunderung einer staunenden Nachwelt. Künste und Wissenschaften stehn unter seinem unmittelbaren Schutze; er lebe lange und beglücke sein Land noch hundert Jahre mit seiner preiswürdigen Regierung. – Hiebei unentgeltlich eine Beilage.

Der Fremde tritt auf.

FREMDER. Ich bin aus weiten Landen gekommen, um so glücklich zu sein, Ew. Majestät von Angesicht zu Angesicht kennenzulernen.

SKARAMUZ. Ja, es ist immer schon der Mühe wert, und wenn ich's nicht durch einen glücklichen Zufall selber wäre, würde ich mich auch genötigt sehen, Reisen nach mir anzustellen.

FREMDER. Sie machen eine Epoche in der Weltgeschichte.

SKARAMUZ. O ja, das ist noch meine geringste Kunst. – Von mir schreibt sich eigentlich die Blüte der Wissenschaften her, denn ich bin der erste, der den Parnaß urbar gemacht hat.

FREMDER. In der Tat?

SKARAMUZ. Und welche Vorurteile ich dabei habe bekämpfen müssen! – Ich habe auch die Brauerei da unten angelegt. Oh, mein Freund, Sie haben gewiß in der ganzen Fremde dergleichen nicht gesehn. Was sind Sie Ihres Handwerks nach?

FREMDER. Ein Arzt.

SKARAMUZ. Also doch nützlich? Ich mag die nützlichen Leute ungemein gern; denn warum? sie sind nützlich, und das Nützlichsein selbst ist ungemein nützlich, folglich zwingt mich meine Vernunft zu dieser gegründeten Hochachtung.

FREMDER. Aber was seh ich.

SKARAMUZ. Ja, ja, eine Bäckerei ist auch am Parnaß angebracht.

FREMDER. Darf ich meinen Augen trauen?

SKARAMUZ. Es hat sich schon mancher darüber gewundert.

FREMDER. Seh ich nicht meine geliebte Karoline?

MELPOMENE *hervorstürzend.* O Friedrich, bist du wieder da? Wo hast du Trauter so lange gesteckt?

FREMDER. O welche unvermutete Zusammenkunft!

MELPOMENE. Du findest mich als Muse, aber mein Herz ist dir noch immer getreu.

FREMDER. O so sei meine Gattin. Mein Onkel ist gestorben, die reiche Erbschaft ist mir zugefallen, ich habe genug für uns beide, ja weit mehr, als wir brauchen, wenn mir nur deine Liebe gewiß ist.

MELPOMENE. Und du kannst zweifeln? – Ich will gleich mit dir gehn.

SKARAMUZ *aufstehend.* Halt! halt! was will mir das werden? – Nein, meine Freunde, das geht so geschwinde nicht, die Musenkompagnie darf nicht inkomplett werden. Wo sollten wir denn hernach die tragischen Szenen in unserm Stücke herkriegen, wenn sich Melpomene aus dem Stücke heraus verheiraten wollte? Das geht nimmermehr!

MELPOMENE. Grausames Schicksal!

FREMDER. Tyrannischer Gott!

SKARAMUZ. Hat sich da was tyrannisch und grausam zu sein. Ich gebe euch meine Gründe an, denn ich sage: es soll nicht sein! und darum kann's nicht sein. Und außerdem bin ich selbst so halb und halb in die Melpomene verliebt, und denke sie vielleicht mit der Zeit zu heiraten. Also, Ihr fremder Kerl, steht nur von Euren unsinnigen Bewerbungen ab, denn sonst möcht es Euch gar zu leicht den Hals kosten. *Geht ab.*

FREMDER. So soll ich dich lassen?

MELPOMENE. So muß ich scheiden?

Die Musen gehn, außer Thalia, ab.

GRÜNHELM. Verlieren Sie den Mut nicht, mein fremder Herr Verliebter, das muß sich noch einrichten lassen, wenn uns der Verstand auf dem rechten Fleck sitzt.

FREMDER. Aber wie?

THALIA. Kommen Sie nur, wir wollen das ordentlich beratschlagen. Ich biete Ihnen meine Hülfe und Klugheit an.

GRÜNHELM. Brav, Lisette! es wird uns ganz gewiß gelingen.

Gehn.

PIERROT. Hätt ich doch den Skaramuz in meinem Leben für keinen solchen Tyrannen gehalten.

SCÄVOLA. Lieber Freund, seht, das macht alles die französische Revolution, die steckt an, die verführt die Leute.

PIERROT. Aber warum tun denn Fürsten und Herren nicht in Zeiten dazu?

SCÄVOLA. Nach und nach wird es wohl mehr in den Gang kommen. Keiner will den Anfang machen, damit sie ihn nicht für grob ausschreien.

PIERROT. Ja wohl! so hat doch jedes Ding seinen Haken!

DER ANDRE. Was ein Haken werden will, krümmt sich bald. Da liegt's!

Sechste Szene

Wald.
Apollo, wilde Tiere.

EIN LÖWE. Ich bin Ihnen unendlich verbunden, Herr Schäfer; Sie haben mit Ihrer vortrefflichen Kunst so lange an mir gezähmt, bis es Ihnen doch gelungen ist, etwas Bildung in mich hineinzubringen.

LEOPARD. Ich bin auch gesittet und spüre ein ordentliches Verlangen nach den Künsten in mir, so wie nach guter Gesellschaft.

TIGER. Wenn man mir jetzt eine Pension gäbe, würde ich mich nur wenig mit Würgen beschäftigen.

APOLLO. Ich freue mich, wenn ich Ihnen habe nützlich sein können.

Die Tiere gehn ab.
Aulicus und Myrtill.

AULICUS. Herr Schäfer, Ihr habt da viele Lasterhafte gebessert, wollt Ihr nicht auch an uns den Versuch machen?

APOLLO. An meinem Beistande soll's nicht fehlen.

MYRTILL. Dauert die Operation aber lange? denn ich habe nicht viel Zeit übrig.

APOLLO. Nachdem eure Herzen verhärtet sind.

AULICUS. Nun, nur immer frisch dran, wir müssen doch wohl von der Kultur etwas abbekommen. Ich will mich nicht von solchem Rhinozeros beschämen lassen.

APOLLO. Kommt denn und hört meine Lieder.

Sie gehn ab.
Der Vorhang fällt.

PIERROT. Auf diese Lieder wär ich wohl begierig.

SCÄVOLA. Sie würden uns gar zu weich machen, und darum ist es wohl besser, daß wir sie nicht hören.

PIERROT. Je nun, es ist ein ganz guter Kniff, sich aus der Affäre zu ziehn, daß man sie hinter der Szene spielen läßt.

Musik

Allegro

In welcher Trunkenheit jauchzt unser Geist, wenn es ihm einst vergönnt ist, tausend wechselnde, bunte, schwebende, tanzende Gestalten zu erblicken, die stets erneut und verjüngt in ihm aufsteigen. Angerührt, angelacht von tausendfältiger Liebe wickelt die Seele sich in Lieder von allen Farben und jubelt himmelan, daß das träge alltägliche Leben sie lange nicht wiederfindet.

Wie ein goldner Funke ein Feuerwerk anzündet, daß sich alle Räder glühend drehn, und alle Sterne in ihren Kreisen funkeln, die Flamme freiwillig die verschlungenen Linien durchläuft, und alles in buntflammende Bewegung treibt, daß das trunkene Auge staunend sich ergötzt, und den Strudel der wechselnden farbigen Flammen mit Entzücken betrachtet: so ist es mit den wankenden, glänzenden Bildern, die die Freude uns vorführt. Ach! was war es, wenn es vorüber ist? Oder wenn du es mit kunstrichterlichem Auge siehst? Laß dem magischen Feuer seinen Lauf, die wunderliche Stickerei nimmt sich nur auf einem dunkeln Nachtgrunde aus; beim hellen Tageslicht würde sie nüchtern und verlegen mit allen ihren Farben kokettieren.

Wißt ihr denn, was ihr wollt, die ihr in allen Dingen den Zusammenhang sucht? Wenn der goldne Wein im Glase blinkt, und der gute Geist von dort in euch hineinsteigt; wenn ihr Leben und Seele in doppelter Wirkung empfindet, und alle Schleusen eures Wesens geöffnet sind, durch die das zurückgehaltene Entzücken mächtiglich hinbraust; wenn dann die letzten Tiefen, in die noch kein Ton drang, widerklingen; wenn alles sich in *eine* Melodie gesellt, und in der Luft verwandte Geister unsichtbare Tänze feiern – was denkt ihr da, und was vermögt ihr da zu ordnen? Ihr genießt euch selbst und die harmonische Verwirrung.

Ja, könnten wir in dieser Fülle nur immer schwelgen, müßten wir nicht auch im Wahnsinn nüchtern und mäßig sein, um das Holdseligste, Törichtste, Weiseste in uns selbst nicht zu vernichten durch Überfülle. Doch heilig seien mir jene Stunden, in denen ich von der Ambrosia nippen durfte; nie will ich sie in der Erinnerung schmähn, um ihrer wert zu bleiben.

Dritter Akt

Erste Szene

Feld.
Apollo, der Poet.

POET.
Aufs freie Feld muß ich zu dir mich flüchten,
Um ungestört ein frohes Lied zu dichten,
Ich will mich auf den Rasen zu dir setzen,
Nach langer Zeit poetisch mich ergötzen.
APOLLO.
Was fehlt dir denn, mein allertreuster Freund?
Man hat auch dich vertrieben, wie es scheint.
POET.
Vertrieben nicht, doch mocht ich dort nicht bleiben,
Das wilde Volk hat deinen Dienst zerstört,
Nichts darf ich mehr im kühnen Schwunge schreiben,
Und wenn der holde Wahnsinn mich betört,
Wenn durch die Adern sich dein Feuer gießet,
Und hoher Klang von meiner Lippe tönt,
Durch alle Worte lautre Gottheit fließet,
Und selber das Gemeinste sich verschönt,
So stehn sie da und ihre Augen starren,
Und kurz: sie halten mich für einen Narren.
APOLLO.
Mein Freund, willst du dich meinem Dienste weihen,
So mußt du derlei Mißverstand verzeihen;
Wer faßt es, was entzückt der Sänger spricht?
Zur Finsternis wird Blöden helles Licht.
Das Feuer, was du willst in ihnen zünden,
Mußt du doch schon in ihrer Asche finden,
Und ach! die meisten sind schon ausgebrannt,
Noch eh sie Licht und Feuer je gekannt.
Ich wundre mich, daß dies den Mißmut weckt,
Und dich aus deiner heitern Laune neckt;
Nein, solltest du durch böse Schickung allen
An einem schlimmen Tage einst gefallen,
Dann komm zu dieser Flur zurück und sage

Mir deine große, höchst gerechte Klage.

POET.

Beschämt und stolz geh ich zur Stadt zurück,
Getröstet hat mich dieser Augenblick.

APOLLO.

Es muß, mein Freund, in diesem irdschen Leben
Auch hin und wieder trübe Stunden geben,
Sonst geht es euch, ihr Menschen, gar zu gut,
Und das verdirbt den allerkühnsten Mut.
Seht, Herr Poet, ich bin ja selbst ein Gott,
Und diene meinen Feinden doch zum Spott,
Geschieht das mir zur Strafe meiner Sünden,
Mögt Ihr Euch um so eh'r zurechte finden.

Sie gehn.

Zweite Szene

Parnaß.
Skaramuz oben, Bediente näher, Volk unten, die Musen.

SKARAMUZ. Gibt's heute was Neues?

GRÜNHELM. Nichts eben, als daß mehrere Studenten von der Universität gekommen sind, die den Wunsch hegen, sich examinieren zu lassen, um brauchbar zu werden.

SKARAMUZ. Laßt sie vorkommen.

Löwe, Tiger und die übrigen wilden Tiere werden hereingeführt.

SKARAMUZ. So ein Student hat doch immer ein munteres Wesen.

GRÜNHELM. Das macht die freie Lebensart, und sie wissen von keinen Sorgen, diese Musensöhne.

SKARAMUZ. Musensöhne? – Was muß ich denn da von euch hören, ihr Gesindel von Musen?

GRÜNHELM. O gnädigster Apollo, das ist nur so eine hergebrachte Redensart, womit weder den Musen noch den Studenten zu nahe geschieht, so wie man ja auch den Kirchhof, Gottesacker, und die Advokaten, Diener der Gerechtigkeit zu nennen pflegt. Die Soldaten heißen ja auch Verteidiger des Vaterlandes; ja man pflegt ja sogar oft poetischerweise die Gegend, wo man geboren ist, sein Vaterland zu nennen. An so etwas müßt Ihr Euch nicht stoßen, denn unsre Sprache hat außerordentlich viel Synonymen.

SKARAMUZ. Es soll eine Grammatik darüber abgefaßt werden, damit sich die Fremden zurechtzufinden wissen. – Ihr Herren wollt also nützlich sein?
DER WOLF. Ja, mein König, wir spüren eine unendliche Begierde nach einer guten Besoldung.
SKARAMUZ. Nun das ist brav, so werdet ihr hoffentlich bald brauchbare Staatsbürger werden. – Geht und laßt euch die langen Haare etwas verschneiden, dann sollt ihr sogleich examiniert werden. *Die Studenten gehen ab.* Wißt ihr, Leute, daß heute mein Geburtstag ist?
GRÜNHELM. Ja, mein König, ich habe auch deswegen schon die Kanonen aufführen lassen.
SKARAMUZ. Nun so schießt sie mir zu Ehren ab.

Eine Salve von Kanonen.

SKARAMUZ. Ungemein gern mag ich die Kanonen sprechen hören; es ist der bündigste Vortrag, er überstimmt jeden andern, man kann weder ein eignes noch ein fremdes Wort dabei hören. – Musen, habt ihr euch zur Feier meines Geburtstages ausgerüstet?
MELPOMENE. Allerdings, erhabner Apollo, wir werden an diesem wichtigen Tage ein Schauspiel aufführen, welches wir einstudiert haben.
SKARAMUZ. So ist es recht, ich will mich einmal heut abend recht von meinen Geschäften erholen.

Sie gehn ab.

Dritte Szene

Feld, in der Ferne ein Palast.
Admet. Alceste.

ADMET.
So sind wir denn gezwungen fortzuwandern,
Die süße Heimat zu verlassen, alles
Was mein war, ist mir grausam nun entrissen;
Durch fremdes Elend zieht sich unsre Bahn,
Und daß du, teure Gattin, mit mir leidest,
Ist meiner schweren Leiden größre Hälfte.
ALCESTE.
Dem Manne muß die treue Gattin folgen,
Nicht bloß zur Lust ward ich dir zugesellt,

Denn mir gehört wie dir dein Leid und Glück.

ADMET.

Wie hold das Abendrot den Turm beglänzt,
Daß alle Zinnen purpurrot erfunkeln,
Und sieh, ein prächtger Regenbogen kränzt
Den Palast, und er leuchtet hell im Dunkeln.
Die Bienen sumsen nun der Heimat zu,
Die Nachtigall läßt ihre Lieder klingen,
Nur wir, wir Armen, finden keine Ruh;
Das Glück entfloh auf blitzesschnellen Schwingen,
Das falsche, tückische, erboste Glück,
Und ließ als Beute uns dem Feind zurück.

Apollo kömmt.

APOLLO. Gehst du noch so spät spazieren, mein König?

ADMET. Hat sich was spazierenzugehn. Du verstehst dich sehr schlecht auf die Menschenkenntnis, mein Freund. Sieht man wohl so aus, wenn man spazierengeht?

APOLLO. Was beginnt ihr also?

ADMET. Vertrieben sind wir, arme Flüchtlinge sind wir, unser Hab und Gut hat man uns genommen, nichts als diesen Wanderstab hat man uns gelassen, elende Emigranten sind wir.

APOLLO. Aber wie ist denn das so schnell gekommen?

ADMET. Du fragst noch? Seit ich dich ruchlosen Schäfer aufgenommen habe, ist mir nichts als Unglück begegnet. Wer weiß, was für Bosheiten hinter dir stecken. Der mächtige Apollo hat mich vertrieben, er will der einzige König sein, und ich habe nachgeben müssen.

ALCESTE. Du Schändlicher, kamst als ein Landstreicher zu uns, und wir vertrauten dir unsre Herden an, ist das nun dein Dank?

APOLLO. Aber welche Schuld kann man mir denn geben?

ALCESTE. Einer muß doch schuld sein, und da dünkt es mir am wahrscheinlichsten, daß alles an dir liegt, denn sonst wüßt ich mich auf gar niemand zu besinnen.

APOLLO. Ich schwöre euch –

ADMET. Schwöre nur nicht, du Meineidiger! Falscher, Undankbarer! Heimtückischer, Boshafter, Ungeheurer! Du, für den alle schändlichen Namen erfunden sind! Du, den man gar nicht nennen könnte, wenn man ihn nicht mit einem Schimpfnamen nennen wollte!

APOLLO. Wie könnt ihr aber so sehr auf mich schmähen?

ADMET. Können? – Du siehst ja doch, daß wir es können. Du Hochmütiger! hat sich das Glück nicht vorher von mir müssen ausschelten lassen, ohne nur mit einer einzigen Silbe zu antworten, und du willst es nicht leiden? Bist du denn mehr als das Glück? O mein Freund, dergleichen hoffärtige Gedanken laß dir ja vergehen, denn ich muß dir sagen: das Glück ist etwas erstaunlich Hohes, es beherrscht die ganze Welt, es ist eine Art von Gottheit, die sogar die Götter regiert. Und blind ist das gute Ding noch obenein. Mit einem Worte, es ist gewissermaßen ein abstrakter Begriff, der im Grunde gar nichts in sich führt; ein Wesen, das an das Schicksal hinan will, beide sind wenigstens Grenznachbarn: und, wenn das Schicksal manchmal das gute Glück hat, sich vernünftig zu betragen, oder wenn das Glück manchmal das Schicksal trifft, die Guten zu belohnen, wie man sich auszudrücken pflegt, sehr Ihr, so gehn sie in solchen Fällen Hand in Hand. Ihr müßt sie aber beileibe nicht mit dem Zufall verwechseln, denn der ist vollends gar nichts, ja man ist selbst uneinig darüber, ob er nur existiert. – Seht, das sind meine religiösen Grundsätze, und ich denke, sie halten Stich.

APOLLO. Eure Leidenschaft spricht noch aus Euch, und deshalb seid Ihr unbillig gegen mich.

ADMET. Nein, mein Freund, die Philosophie spricht aus mir, und das müßt Ihr Euch nur gar nicht einfallen lassen, mich tadeln zu wollen, denn das kann ich nicht gut vertragen.

APOLLO. Lebt wohl; wir sprechen uns wohl ein andermal wieder, denn jetzt seid Ihr nicht aufgelegt. *Geht ab.*

ADMET. Nicht aufgelegt? Was kann er damit meinen? Ich fürchte, das da ist ein böser Bube, ein Satiriker, der immer Personalitäten mit einmengt. – Nicht aufgelegt? Ei, ich bin noch in meinem Leben nicht aufgelegt gewesen. – Sage mir, teuerste Gattin, warum habe ich ihm nicht gleich den Kopf entzweigeschlagen?

ALCESTE.

Er war so klug, seht eilig zu entweichen,
Drum konnte deine Hand ihn nicht erreichen,
Doch tröste dich, mein Gatte, nimm die Schmerzen
Nicht ohne Not zu heftig dir zu Herzen,
Nach Winter kömmt der Lenz, und glücklich wenden
Die Mächte, was sie jetzt als Jammer senden.

ADMET.

Ja, beste Gattin, ich will mich bequemen,
Und, was ich sonst nicht tu, Vernunft annehmen.
Wir wollen unser Elend standhaft dulden,

Es sei uns Trost, daß wir es nicht verschulden.
Du bist jetzt, Teure, Hoffnung mir und Labe,
Drum ließ mir ja das Glück die schönste Gabe;
Wir steigen willig von des Thrones Stufen,
Zur Bürgertugend werden wir gerufen,
Und schmerzlos seh ich auf den Glanz zurück,
Er wandelt sich in ein Familienstück;
Wir dürfen auf den Beifall sichrer zählen,
Als wenn wir uns mit Kron und Szepter quälen.

Sie gehn ab.

SCÄVOLA. O große Menschheit!

PIERROT. Ich bitt euch, Leute – es sind da Sachen in dem Stück – ich sage euch nur so viel – sie sind ganz ungemein.

DER ANDRE. Was man doch jetzt immer zur großen Denkungsart angeführt wird! – Ja, das klingt anders, als ehemals.

WACHTEL *ein Zuschauer.* Es muß morgen wieder sein, und dann bringe ich alle meine Kinder her.

SCÄVOLA. Wenn nur die Fürsten solche Stücke mit Bürgertugend beherzigen wollten!

PIERROT. Sie wären kapabel und dankten alle ab.

WACHTEL. Warum sollten sie abdanken? Sie brauchen ja bloß zum Staat zu sagen: Nun geh hin und sei eine Republik! und damit wär's ja fertig.

SCÄVOLA. Hexerei ist es nicht, das ist wahr.

DER ANDRE. Solche Republik kann im Grunde noch jeder stiften.

Vierte Szene

Stadt. – Große Illumination. – Der Namenszug des Skaramuz rennt an allen Fenstern.

DIE ZUSCHAUER! Herrlich! herrlich!

WACHTEL. Jetzt hat es der Grünhelm gut, der sich dem Theater gewidmet hat, er kann das alles recht in der Nähe besehn.

SCÄVOLA. Wenn es nicht des Aufsehens wegen wäre, so stieg' ich auch hinauf.

Wagen fahren vorüber, und aus dem Schlage ruft man: O wie prächtig!
Skaramuz auf seinem Esel, Gefolge.

SKARAMUZ. Was ist das für ein Name?
GRÜNHELM. Der Ihrige, mein König.
SKARAMUZ. Laßt mir einmal den Maschinisten kommen, der das Zeug eingerichtet hat.

Maschinist tritt auf.

MASCHINIST. Ich bin Ew. Majestät unwürdiger Diener.
SKARAMUZ. Ich sehe, Er kann mehr als donnern und blitzen; es ist mir lieb, daß Er sich auf mancherlei appliziert hat. Fahre Er so fort, und es wird Ihm nicht fehlen, sich großen Glanz zu veranstalten. *Ab.*
MASCHINIST, *gegen das Parterre.* Die ganze Erleuchtung ist im Grunde zum Vergnügen eines verehrungswürdigen Publikums eingerichtet, und der einfältige Skaramuz bildet sich ein, es sei seinetwegen geschehn; aber wir wollen ihm davon nichts merken lassen, sonst ist ihm die ganze Freude mit seinem Geburtstage verdorben. *Ab.*
WACHTEL. Es ist auch wahr, es ist bloß unsertwegen; aber ich wäre in meinem Leben nicht darauf gekommen.

Bäcker und Brauer kommen.

BRAUER. Sieh, Gevatter, das nenn ich mir eine Illumination.
BÄCKER. Ja, etwas anders kann es auch durchaus nicht vorstellen.
BRAUER. Warum nicht?
BÄCKER. Je, Mann, das sind ja lauter Lampen, und wo Lampen sind, da ist auch die Illumination nicht weit.
BRAUER. Könnt Ihr darauf schwören?
BÄCKER. Das nun wohl nicht, aber alle Leute sagen es doch so.
BRAUER. Ja, wenn man alles glauben wollte, was die Leute sagen, da wäre einem übel geraten.
BÄCKER. Das ist wohl wahr, aber das scheint mir noch immer eine Illumination zu sein.

Eine alte Frau mit einer Laterne.

FRAU. Lieben Leute, ich suche schon die ganze Stadt durch; könnt ihr mir nicht sagen, wo das Feuerwerk ist?
BÄCKER. Je, da hängt es ja.
FRAU. Ach, das hab ich schon lange gesehn. – Aber, das ist wahr, es ist prächtig.
BRAUER. Es ist ja kein Feuerwerk.
BÄCKER. Seht, das kömmt so auf eine Manier heraus, und darum kann man's auch so nennen.

FRAU. Also ist es doch noch ungewiß, ob ich recht bin?

BÄCKER. Ins Teufels Namen, nein, das ist es ja.

FRAU. Aber ich muß es doch gewiß wissen, sonst kann ich's ja nicht mit Seelenruhe genießen.

BRAUER. Seht, da kommt eine große Maskerade.

Gefolge von Reitern in allerhand Marken: einige als Ritter, andre als Mohren, einer ist der Tod, ihm folgen einige Teufel.

FRAU. Gott steh' uns bei, das war schön!

BRAUER. Prächtig, und Philosophie liegt drin, ich versichre Euch, Salz.

FRAU. Und der Satan war mitten drunter.

BÄCKER. Alles unserm Könige zu Ehren.

Die Gäste kommen.

GÄSTE. Munter! munter! das heiß ich einen fröhlichen Abend!

ANDRE. So lustig sind wir lange nicht gewesen.

ANDRE. Und werden's lange nicht wieder sein.

VIERTER GAST. Dumm ist's bei alledem, daß so 'n Geburtstag, wie man's nennt, als an dem der Mensch geboren zu sein pflegt, seht ihr, daß der im Jahre nur einmal ist.

ERSTER GAST. Einmal? dummer Teufel! Hast du keine Wissenschaften im Kopfe? In jedem Jahrhundert ist er nur einmal.

VIERTER GAST. Nur einmal? Nun hört, ihr Herren, die Possen! und jedes Jahrhundert kömmt selbst in hundert Jahren nur einmal. Ist's nicht wahr, Caspar?

ZWEITER GAST. Ja, das ist ausgemacht; darum nennt man's auch immer ein Jahrhundert.

VIERTER GAST. Wovon gibt's denn aber ein sechzehntes Jahrhundert?

ZWEITER GAST. Narren, das war eine Ausnahme von wegen des westfälischen Friedens.

DRITTER GAST. Mein Geburtstag fällt immer gerade dreimal in einem Jahre.

ZWEITER GAST. Die Schalksjahre haben mehr Privilegien.

ALLE. Kommt! kommt! wir wollen weiter, wir müssen auch die Maskerade sehn!

Alle ab.

Fünfte Szene

Saal mit einem Theater.
Grünhelm. Der Fremde.

DER FREMDE. Aber glaubst du, daß es gelingen wird?
GRÜNHELM. Ich gebe Ihnen mein Ehrenwort. Machen Sie sich nur keine unnötige Bedenklichkeiten.
FREMDER. Wird er dadurch gerührt werden?
GRÜNHELM. Er muß.
FREMDER. Meine Hoffnung beruht immer noch auf einem sehr unsichern Grunde.
GRÜNHELM. Der Grund ist sicher genug, wenn Sie nur sichrer wären.
FREMDER. Ich verlasse mich ganz auf dich.

Thalia kömmt.

THALIA. Nun, meine Freunde, seid ihr zur Komödie ganz eingerichtet?
GRÜNHELM. Ich bin immer dazu fertig; aber der erste Liebhaber da hat noch Zweifel.
THALIA. Das ist unrecht, Sie werden sehn, daß alles sehr schön ablaufen wird.
FREMDER. Ich zittre.
THALIA. Das macht die Entwickelung um so interessanter.
GRÜNHELM. Die Zuschauer kommen schon. *Sie gehen.*

Trompeten. Skaramuz von seinem Hofe begleitet.

SKARAMUZ. Wir wollen uns setzen, jeder nach seinem Stande. Ich werde wohl auf diese Art der Vornehmste hier sein.

Sie setzen sich, der Vorhang des Theaters wird aufgezogen,
welches einen Garten vorstellt.
Grünhelm als Prologus.

PROLOGUS.
Woher soll Poesie die kühnsten Bilder greifen,
Durch welches ferne Land der dunkeln Träume streifen,
Um allenthalben Blum' und Weihrauch abzupflücken,
Und deinen Namen so nach Würden auszuschmücken?
Die Wahrheit selbst wird stumm, Erfindung zittert blaß,
Der Danaiden Chor füllt eher noch ihr Faß,

Ja Tantalus wird wohl den Apfel noch erschnappen,
Und Sisyphus den Stein in seinem Fall ertappen,
Eh es dem Menschengeist nach seinem Wunsch gelingt,
Daß er dein ganzes Lob aus voller Kehle singt.
Wohl mag sich Pegasus im höchsten Äther baden,
Doch wenn er will dein Lob auf seinen Rücken laden,
Ja Herkules dazu, das glaubt mir auf mein Wort,
Sie werden beide lahm, sie bringen es nicht fort:
Und doch ist dieser Mann der Stärkst im Land gewesen,
Und hatte Kraft genug den Atlas abzulösen;
Auch wenn die Musen neun sich alle fügen sollten,
Daß sie dein Lob im Chor poetisch singen wollten:
So bist du Musengott, die Musen dienen dir,
Und Dichtkunst hat durch dich erst ihre wahre Zier.
Darum versuchen wir, im stummberedten Schweigen,
Wie wir dir huldigen, am besten noch zu zeigen.
Drum, wer nur schweigen kann, erhebe heut dich laut,
Bis nach Monduntergang die Morgendämmrung graut.
Sieh denn auf unser Herz und nicht auf unser Maul,
So mehr jens tätig ist, so mehr erscheint dies faul.

Verbeugung, geht ab.

SKARAMUZ. Das war gut. Man hat mich lange nicht so zweckmäßig gelobt. – Wer hat das gemacht?

Der Hofpoet kömmt.

HOFPOET. Ihro Majestät, ich habe nur im Namen aller Ihrer getreuen Untertanen gesprochen.

SKARAMUZ. Denken so alle meine Untertanen von mir?

HOFPOET. Wer es anders meint, ist ein Hochverräter.

SKARAMUZ. Das ist recht. Da habt Ihr Geld, fahrt so fort. Gebt acht auf alles Große, was ich tue, besonders wenn ich mit jedem Tage immer vortrefflicher werde. Ich sage Euch, laßt mich nicht aus den Augen, denn es ist sehr viel an mir zu beobachten.

HOFPOET. Wenn es Ihro Majestät erlauben, so werde ich es nicht unterlassen. *Geht ab.*

Ein Vater tritt auf mit einem jungen Menschen.
(Der junge Mensch ist der Fremde.)

VATER. Mein lieber junger Mensch, ich habe dich, wie du weißt, an Kindes Statt angenommen, da deine armen Eltern schon in deiner Jugend starben; ich habe dich erzogen, ich habe dich in allen Künsten und Wissenschaften unterrichten lassen, dafür mußt du hübsch dankbar sein: nun sage mir also, warum bist du seit einiger Zeit immer so traurig.

JUNGER MENSCH. Man hat sich nicht immer in seiner Gewalt, Verehrungswürdiger.

SKARAMUZ. Wer ist der junge Mensch? Er kömmt mir so bekannt vor.

SCHATZMEISTER. Er ist der fremde Doktor, der kürzlich nur angekommen ist.

SKARAMUZ. Und der spielt nun schon in der Stadt Komödie? – Das geht geschwinde, ihm wird es an einer guten Praxis niemals fehlen.

VATER. Sei heute wenigstens fröhlich; sieh, meine Tochter und meine übrigen Verwandten sind es so sehr. Heute ist mein Geburtstag, da möcht ich gern lauter fröhliche Gesichter sehn.

SKARAMUZ. Des Menschen Geburtstag ist heute auch? Das trifft sich wunderbar.

SCHATZMEISTER. Vermutlich nur eine rührende und witzige Anspielung, mein König, denn was da vorgestellt wird, ist nichts Wirkliches, es ist nur ein Schauspiel.

SKARAMUZ. Es ist wahr, das hatt ich ganz vergessen.

SCÄVOLA. Leute, bedenkt einmal, wie wunderbar! Wir sind hier die Zuschauer, und dorten sitzen die Leute nun auch als Zuschauer.

PIERROT. Es steckt immer so ein Stück im andern.

JUNGER MENSCH. Ja, ich will an diesem schönen Tage fröhlich sein; Sie sollen kein trauriges Gesicht zu sehn bekommen.

VATER. Meine Tochter hat mir gesagt, daß ihr mir ein kleines Stück aufführen wollt; hast du denn auch eine Rolle darin?

JUNGER MENSCH *seufzend.* O ja.

VATER. Worüber seufzest du wieder? Du hast mir soeben angelobt, daß du fröhlich sein wolltest. Was fehlt dir? Entdecke dich mir, ich will dir helfen, wenn ich kann.

JUNGER MENSCH. Ach, mein Vater!

VATER. Sprich.

JUNGER MENSCH. Ich kann nicht.

VATER. Du solltest Vertrauen zu mir haben. Jetzt muß ich dich verlassen, meine Gäste werden gleich kommen. *Geht ab.*

PIERROT. Für welches Schauspiel soll man sich nun interessieren? Für das vorige, oder für das, das jetzt aufgeführt wird?

SCÄVOLA. Eine verflucht spitzfindige Frage. Am besten ist es man interessiert sich nur so in den Tag hinein, oder für keins von beiden.

JUNGER MENSCH. Nein, ich kann ihm meine Liebe nicht entdecken. Er würde mir niemals seine Tochter bewilligen, und eine abschlägige Antwort könnte ich nicht überleben. O Emilie! Und doch muß es sich heut noch entscheiden!

Melpomene tritt als Emilie auf.

EMILIE. Find ich dich wieder in Tränen?

JUNGER MENSCH. Und wie anders, teuerste Emilie? Soeben habe ich deinen Vater gesprochen.

EMILIE. Nun?

JUNGER MENSCH. Er war wie immer, sehr gütig gegen mich, das Bekenntnis meiner Liebe schwebte schon auf meinen Lippen, aber die Besonnenheit hindert mich noch, unvorsichtig zu sein.

EMILIE. Ich denke, daß wir ihn durch unser kleines Stück überraschen und rühren wollen, und uns so den Weg zu unserm Geständnisse bahnen.

JUNGER MENSCH. O liebe Emilie, das quält mich eben. Ist unser Projekt, ja ich mag es wohl so nennen, unser Hinterhalt, nicht eine Entweihung dieses Tages? Wir wollen ihm durch ein Schauspiel Freude machen, und wir benutzen dieses Schauspiel, uns und unsre Situation darzustellen. Gerade an dem heutigen Tage sollten wir am wenigsten für uns zu handeln suchen, und ich brauche grade diesen Tag als ein Mittel, um mich glücklich zu machen.

EMILIE. Du hast eine eigene Gabe, die Sachen zu ernsthaft, und eben darum unrecht zu nehmen. Unsre Verbindung wird auch ihn beglücken, auch hat er uns noch keine Veranlassung gegeben, zu glauben, daß er unsre Liebe mißbilligen würde, wenn er sie kennte.

JUNGER MENSCH. Wie beneid ich dich um diesen männlichen Mut.

EMILIE. Wenn er männlich ist, so schäme dich, daß du ihn nicht hast.

Thalia als Lisette.

THALIA. Die Fremden sind schon angekommen; Ihr Herr Vater komplimentiert sich mit ihnen sehr weitläuftig.

EMILIE. Wer sind sie denn?

THALIA. Erstlich ist da, die dicke Frau, die Sie aus der Taufe gehoben hat, eine Frau, die alles verachtet, was nicht so dick und reich ist, als sie selbst; dann der Graf Sternheim, der bei jedem dritten Worte innehält, um sich auf den Zusammenhang zu besinnen und desto gewisser aus dem Zusammenhange zu kommen, dieser hat alle seine Bedienten und sogar seinen Narren mitgebracht; dann der Baron Fuchsheim, der mehr hustet als spricht, und mehr spricht als denkt. Die übrigen kenne ich nicht, sie scheinen aber von keiner sonderlichen Bedeutung zu sein.

EMILIE. So wollen wir nur gehen, um unser Theater einzurichten. – Komm, mein Freund. *Beide gehn ab.*

Der Vater, Graf Sternheim, Baron Fuchsheim, die dicke Frau, andre Gäste, Bediente, Grünhelm als Narr, treten ein.

VATER. Sein Sie mir nochmals von ganzem Herzen willkommen, und nehmen Sie mit diesem herzlichen Willkommen vorlieb, denn er ist das Beste, was ich Ihnen geben kann.

FUCHSHEIM. Gehorsamster – bitte – wissen schon – bitte –

DICKE FRAU. Uns ist Ihre Galanterie schon aus alten Zeiten bekannt, und Sie haben darin gewiß noch mehr Fortschritte gemacht.

STERNHEIM. Gut Obst scheinen s' hier besitzen zu tun – schönen Blumenkohl – allerliebste Aprikosen – aber einen Narren hab ich doch selber mitgebracht, den trifft man hier nicht an.

NARR. Ich habe Sie mitgenommen, Herr Graf, und das will ich beschwören.

STERNHEIM. Ist es nicht ein guter Eselskopf? – Er sagt mir immer prächtige Grobheiten.

NARR. Und der Graf sagt mir herrliche Wahrheiten, denn er sagt mir nichts, und es ist eine Wahrheit, daß er nichts ist und daß er nichts zu sagen weiß.

STERNHEIM. Konfuse, ein ungeordneter Verstand – aber gute Anlagen.

FUCHSHEIM *lachend.* Gute Anlagen zu einem Narren – ja, ja – dafür sind seine Anlagen gut genug.

NARR. Wissen Sie denn, was ein vollkommener Narr zu bedeuten hat?

STERNHEIM. Dazu halt ich dich ja, Narr, damit ich das beständig wissen möge.

NARR. Der Geschmack ist verschieden, ich halte mir lieber einen Grafen.

STERNHEIM. Er darf mir alles bieten, weil er nämlich nur ein Narr ist.

FUCHSHEIM. Ich muß mir auch einen anschaffen. Wo hat man die beste Sorte?

STERNHEIM. Sie geraten nicht in jedem Jahre gleich gut, manchmal ist ein ordentlicher Mißwachs – ich habe sie auf meinen Gütern als ein Landesprodukt ziehn wollen – aber sie sind nicht eingeschlagen – das Klima muß nicht taugen.

FUCHSHEIM. Wenn man so manchmal seiner Vernunft überdrüssig wird, so muß ein solcher Narr ein wahrer Leckerbissen sein.

STERNHEIM. Diesen da hab ich geerbt, und ich weiß sein Vaterland nicht.

FUCHSHEIM. Hat er keinen Taufschein?

STERNHEIM. Narren werden gar nicht getauft.

FUCHSHEIM. Zu welcher Kirche bekennen sie sich denn aber?

STERNHEIM. Sie sind damit zufrieden, daß sie in der Irre wandeln.

FUCHSHEIM. Sie sollten ihn bekehren lassen.

STERNHEIM. Ei, beileibe nicht, da würde ja ein ordinärer vernünftiger Mensch aus ihm.

FUCHSHEIM. Sie verkaufen ihn wohl nicht?

STERNHEIM. Nimmermehr, ich will ihn mit ins Grab nehmen.

NARR. Ei, ganz gehorsamster Diener! das ist eine verfluchte Redensart, um seine Liebe auszudrücken.

VATER. Meine Herren, und meine gnädige Frau, ist es Ihnen nicht gefällig, in mein Haus zu treten?

Sie gehn ab.
Lisette und der Narr bleiben.

LISETTE. Wer sind Sie eigentlich, mein Freund?

NARR. Aufzuwarten, ein Narr.

LISETTE. Das heißt, ein Mann. Aber dies weiß ich schon; ich fragte nur nach Ihrem eigentlichen Stande.

NARR. Ich bleibe leider in allen Positionen ein Narr, und wenn Sie mich auch so oft umwenden, als einen gut gebratnen Krammetsvogel.

LISETTE. Haben Sie sich auf sonst nichts gelegt?

NARR. Das ist genug, mein schönes Kind, und mehr als genug. O man hat sein ganzes Leben zu studieren, um es darin zu einer gewissen Vollkommenheit zu bringen.

LISETTE. Es ist doch schade um Ihre hübsche Person.

NARR. Ich war schon vor meiner Geburt ein Narr, sonst hätte sich meine unsterbliche Seele gewiß nicht bereden lassen, in diesen sterblichen Körper zu kriechen, und darin ein so kauderwelsches Leben zu führen.

LISETTE. Sie drücken sich sehr angenehm aus.

NARR. Ich schüttle die Worte zwischen den Zähnen herum, und werfe sie dann dreist und gleichgültig wie Würfel heraus. Glauben Sie mir, es gerät dem Menschen selten, alle sechse zu werfen, er mag nun besonnen oder unbesonnen spielen.

LISETTE. Sie sprechen klüger, als Ihr Herr.

NARR. Und Sie gefallen mir mehr als Ihre Gebieterin.

LISETTE. Ich glaube, Sie müßten sich noch bessern können.

NARR. Ich glaube, ich würde Sie lieben lernen.

LISETTE. Sie sind schon auf dem bessern Wege.

NARR. Und doch fang ich nur an, ein noch größerer Narr zu werden; o wenn Sie mich in meiner allerhöchsten Raserei sehen sollten, Sie würden entzückt sein.

LISETTE. Ich möchte es schon darauf wagen.

NARR. Was meinen Sie, zum Exempel, von der Anbetung?

LISETTE. Wen wollen Sie anbeten?

NARR. Sie, meine Göttin.

LISETTE. O mein Herr, für eine Göttin bin ich wohl etwas zu schlecht.

NARR. Im Gegenteil, Allerglorreichste, viel zu gut; man kann in unsern Tagen fast nichts Erbärmlicheres sein, als eine Göttin.

LISETTE. Wie ist das gekommen?

NARR. Das müssen Sie die weisen Leute fragen, ich darf das Geheimnis nicht verraten; Weise und Toren, törichte Weise, und weise Narren haben die Weiber mit vieler Mühe zu Göttinnen erhoben, um sie recht bequem schlechtzumachen, denn seitdem sind sie keine taube Nuß mehr wert.

LISETTE. Sie lieben mich also vielleicht?

NARR. O dies himmlische *Vielleicht* läßt mir noch einige Hoffnung übrig, daß Sie noch nicht so ganz in mich vernarrt sind –

LISETTE. Und wenn ich es nun wäre?

NARR. So säh ich mich ja genötigt vor Entzücken zu Ihren Füßen zu sterben.

LISETTE. Das will ich mir verbitten.

NARR. Welches Opfer befehlen Sie denn also, das ich Ihnen zum Zeichen meiner aufrichtigen Liebe bringen soll?

LISETTE. Heiraten Sie mich.

NARR. Heiraten! – Ich weiß nicht, ob ich recht gehört habe. – *Heiraten,* sagten Sie?

LISETTE. Nun freilich, kein andres Wort, wenn ich bei Verstande bin.

NARR. Sie wollten also einen Ehemann aus mir machen? – Das ist schrecklich!

LISETTE. Wie denn so?

NARR. Weil Sie mich dann in eine Art von Narrheit einweihen, gegen die meine jetzige kaum für einen Anfangsgrund zu rechnen ist.

LISETTE. Kommen Sie hinein.

NARR. Ich bin der Ihrige.

LISETTE. Ich halte Sie beim Wort.

Sie gehn.

SKARAMUZ. Ist das Zeug da witzig?

SCHATZMEISTER. Es wird wenigstens dafür ausgegeben, und man muß also den guten Willen schätzen.

SKARAMUZ. Es ist von einem Untertanen, das Stück da?

SCHATZMEISTER. Allerdings.

SKARAMUZ. So ist es doch wenigstens keine Kontrebande, sondern ein einheimisches Fabrikat.

Saal mit einem kleinen Privat-Theater.
Der Vater und Die Gäste kommen.

VATER. Setzen Sie sich allerseits, man hat uns hier ein kleines Schauspiel veranstaltet; ich denke, daß der Vorhang sogleich aufgehen wird.

Flöten, der Vorhang des Theaters hebt sich, das einen schönen Garten darstellt.
Ein Schäfer und eine Schäferin.

SCHÄFER.
Willst du nimmer mich erhören?
SCHÄFERIN.
Nein, du willst mein Herz betören.
SCHÄFER.
Nein, ich will dich lieben lehren.
SCHÄFERIN.
Lieb ist Torheit, will ich schwören.
SCHÄFER.
O Liebe,
Die Triebe,
Dies Sinnen,
Dies Trachten,
Mit zärtlichem Schmachten

Das Herz zu gewinnen –
Nein glaub wie ich schwöre,
Wenn ich dich betöre,
So strafen die Götter
Im rächenden Wetter
Den frevelnden Schwur.

SCHÄFERIN.

Ich höre
Die Lehre
Und schwöre,
Bei jeglichem Sterne
In bläulicher Ferne,
Beim schimmernden Licht:
Ich liebte seit lange,
Die Brust klopfte bange,
Du liebtest mich nicht;
Kommt rächende Wetter
Und straft mich, ihr Götter,
Ist falsch dieser Schwur.

BEIDE.

Im Frühlingsglanze schimmert
Wald und Flur,
Und Liebe leuchtet und flimmert
Und waltet beseelend in der ganzen Natur.

Sie gehn ab.

STERNHEIM. Das war wenig, aber gut, und so lieb ich's.
FUCHSHEIM. Nicht zu viel und nicht zu wenig, das ist mein Motto.

Melpomene oder Emilie tritt als Laura auf.

LAURA.

Durch die bunten Rosenhecken
Flattern Schmetterlinge hin,
Muntre Lerchentöne wecken
Schon die Tageskönigin.

Immer wach sind meine Sorgen,
Nimmer ruht dies treue Herz,
Und ein jeder rote Morgen
Findet meinen regen Schmerz.

Wollt ihr mich der Qual entbinden?
Hört ihr, Götter? mein Gebet?

Kann ich nie die Ruhe finden,
Die mein Herz von euch erfleht?

Ich sah Fernando bleich in meinen Träumen,
Und oh, wie sehnt sich nun mein schlagend Herz,
Mein liebend banges Auge ihn zu treffen. –
Ach, warum ist die Liebe immer krank
Und eingeengt? Nur Leid erkauft die Wonne,
Und Wochen Grams den frohen Augenblick.
Wie? Ist denn dies die Satzung der Natur?
Trifft mich und ihn nur dieses harte Los?
Ach Leben, wie wärst du so reizend schön,
Wenn du nicht unsern allzu zarten Händen
Für eine Rose tausend Dornen reichtest;
Wenn wir mit Sicherheit den Pfad hinunter
Spazieren können, überzeugt, beblümte
Gefilde anzutreffen, muntre Quellen,
Und kühle Schatten unter Myrtenbäumen.
Doch sorgsam prüfend setzen wir den Fuß,
Auch wenn der Weg im Anfang freundlich scheint;
Führt er uns wohl in dunkle schwarze Wälder?
Vielleicht zu schroffen, abgelegnen Klippen?
Wird auch die Liebe immer mit uns gehn?
So zagen wir und zweifeln, und vergessen
Im Zweifel selbst die holde Gegenwart,
Die, ach! so flüchtig eilet, zu genießen.

Der Fremde, oder Der Junge Mensch, tritt als Fernando auf.

FERNANDO.
Du bist schon früh im Garten, meine Liebe.
LAURA.
Ich habe meine Liebe hier erwartet.
FERNANDO.
O du beschämst die muntre Morgenröte.
LAURA.
Und selber dich, Fernando, lieber Freund.
FERNANDO.
Kein Schlummer wollte mich die Nacht besuchen,
Die Sorgen saßen mit den greisen Häuptern
An meinem Bett und hielten stets mich wach;
Da sah ich bange ahndend trübe Zukunft,
Von keinem flüchtgen Sonnenstrahl erhellt,

Da war die weite, wüste Dunkelheit,
Mit allen ihren Schrecken, holde Liebe,
Ja selbst die Hoffnung floh: da lag
Nur ewge, träge Gegenwart, kein Schwung
Trieb rascher um die jammervolle Zeit.
Am Morgen fielen matt die Augen zu,
Da wandelte mein Geist zu Blumenbeeten,
Und suchte Trost bei bunten Frühlingskindern,
Wie Regenbogen war dein süßer Name
Mit Liebe schützend über mir gespannt,
Und ihn umspielten Chöre lichter Engel,
Die gleich den Äolsglocken Töne sangen,
Von ewger Liebe und von Küssen sprachen,
Daß weit umher abwärts die Winde blieben,
Und sich ein Wohllaut durch den Himmel goß,
Mit Tönen, die nur Laura jedem Stern
Entgegenjauchzten: da erwacht ich schnell,
Mir war, *du* riefst, da starb die Melodie.

LAURA.
Und bist für meinen Gruß und Kuß erwacht.

FERNANDO.
Und bleich und krank ist nun mein Traumgesicht.

LAURA.
Fernando! liebst du mich aus treuem Herzen?

FERNANDO *knieend.*
O könnt ich ohne Treue, Liebste, lieben?

Claudio, der Vater, tritt auf.

CLAUDIO.
Wie, Bösewicht?

LAURA.
Mein Vater!

CLAUDIO.
Undankbare!

DER VATER. O Kinder, macht der Komödie ein Ende, der Vater ist gar zu grausam, ich würde gleich meine Einwilligung geben.

SKARAMUZ. Ich auch, denn mich fängt an zu hungern.

EMILIE *heruntersteigend, dem Vater zu Füßen.* Ihren Segen also, mein Vater.

FERNANDO. Nein, Emilie, dorthin.

Sie knieen vor Skaramuz.

SKARAMUZ. Wie? Was? Was ist denn?

MELPOMENE. Ihre Einwilligung, mein Apollo; geben Sie mich frei, ich mag nicht länger Muse sein.

SKARAMUZ. Also war das Ganze nur eine eigentliche Komödie?

DER FREMDE. Ja, Ihro Majestät.

SKARAMUZ. Nun, weil ihr mich gerührt habt, und weil ich gerade bei guter Laune bin, so mögt ihr einander heiraten. Es ist aber eine wunderliche Sache, die Melpomene verläßt das Theater, dort werden wir also keine Leichen mehr sehn; aber sie heiratet dafür einen Doktor – ich weiß nicht was schlimmer ist.

THALIA. Herr König, ich wollte auch gern heiraten.

SKARAMUZ. Wen denn?

THALIA. Da ist so eine Art Narr, im gemeinen Leben Grünhelm genannt.

GRÜNHELM. Ja, Ihro Majestät, ich bin des ledigen Standes überdrüssig.

SKARAMUZ. In Gottes Namen. Aber so fällt ja auch unser Lustspiel über den Haufen. – Nehmt einander, und quält euch recht.

Alle gehn ab.
Ein großes Getümmel unter den Zuschauern.

PIERROT. Ei! ei! wie ist denn ein solches Ding zu begreifen? Es täte not, daß man sich einen eisernen Reifen um den Kopf legen ließe, um es auszuhalten.

SCÄVOLA. Es ist gar zu toll. Seht, Leute, wir sitzen hier als Zuschauer und sehn ein Stück; in jenem Stück sitzen wieder Zuschauer und sehn ein Stück, und in jenem dritten Stück wird jenen dritten Akteurs wieder ein Stück vorgespielt.

WACHTEL. Ich habe nichts gesagt; aber um nur zur Ruhe zu kommen, hätt ich mich gern aus meinem jetzigen Zuschauerstande in die letzte versifizierte Komödie als Akteur hineingeflüchtet. Je weiter ab vom Zuschauer, je besser.

DER ANDRE. Nun denkt euch, Leute, wie es möglich ist, daß wir wieder Akteurs in irgendeinem Stücke wären, und einer sähe nun das Zeug so alles durcheinander! Das wäre doch die Konfusion aller Konfusionen. Wir sind noch glücklich, daß wir nicht in dieser bedauernswürdigen Lage sind; denn es wäre nachher kaum möglich, sich auf gelinde Weise wieder in seinen allerersten vernünftigen Zustand zurückbringen zu lassen; ich fürchte, man müßte mit Pulver wieder hineingesprengt werden.

SCÄVOLA. Man träumt oft auf ähnliche Weise, und es ist erschrecklich; auch manche Gedanken spinnen und spinnen sich auf solche

Art immer weiter und weiter ins Innere hinein. Beides ist auch, um toll zu werden.

Musik

Rondo

Wie sagte doch jener Bauer, als er die Pflaumen schon zur Suppe essen sollte? ja: darin ist kein Verstand!

So oft sich der Philosoph verwundern muß, so oft er ein Ding nicht begreift, (und das geschieht meist, weil es zu seinem Systeme nicht paßt, denn außer dem würde ihm die Sache nicht so fremd sein, vielleicht wäre ihm der Gedanke ganz natürlich) ebenso oft ruft er aus: darin ist kein Verstand!

Ja der Verstand, wenn er sich recht auf den Grund kommen will, wenn er sein eignes Wesen bis ins Innerste erforscht, und sich nun selbst beobachtet und beobachtend vor sich liegen hat, sagt: darin ist kein Verstand.

Nicht wahr, es ist am bequemsten, das Denken ganz aufzugeben? das tun auch die meisten, ohne es zu wissen. Doch wer mit Vernunft die Vernunft verachtet, ist dadurch wieder vernünftig. Daß nur keiner sagt: darin ist kein Verstand.

Manche Verse sind toll gewordene Prose, manche Prose ist gichtlahmer Vers; was zwischen Poesie und Prosa liegt, ist auch nicht das Beste – o Musik! wohin willst du? Nicht wahr, du gestehst es zu: in dir ist kein Verstand.

Wozu sollen diese Gedanken? Wozu soll dergleichen Musik? Wozu sollen dergleichen historische Schauspiele? Wozu soll am Ende die ganze Welt? Wozu sollen aber auch solche Fragen? In ihnen steckt kein Verstand.

Von der Mücke bis zum Elefanten ist alles zunächst um sein selbst willen da, des Menschen zu geschweigen; so sollte es nicht auch mit Gedanken sein, die früher sind als ihre Anwendung? Nicht ebenfalls mit Laune und Lust und Lachen und einer verkehrten Welt? Verkehrt sie nur noch einmal, so kehrt ihr die rechte Seite heraus, und ihr sagt dann nicht: darin ist kein Verstand.

Vierter Akt

Erste Szene

Gerichtssaal.
Skaramuz, Räte.

SKARAMUZ. Meine Herren, Sie sind doch noch immer überzeugt, daß ich mein Land glücklich mache?

RÄTE. Durchaus, Ihro Majestät können gar nicht anders.

SKARAMUZ. Wir müssen unermüdet fortfahren, die Sitten des Landes umzuarbeiten. Alle ehemalige Barbarei muß man mit Stumpf und Stiel ausrotten, daß auch kein Gebein davon übrigbleibt.

RÄTE. Allerdings, man muß nicht nur das aufgeschossene Unkraut ausjäten, sondern auch nach dem kleinen sehn, damit nichts zur Saat stehn bleibe.

SKARAMUZ. So ist auch mein Wille. Das Verfeinern und Kultivieren der Leute kommt doch so ziemlich in den Gang. – Jetzt laßt die Parteien vortreten.

Ein Schriftsteller und Ein Leser treten auf.

SKARAMUZ. Was wollt ihr?

LESER. Herr König, ich habe eine große und gegründete Klage über den Mann da zu führen. Er ist nämlich eine Person, die Bücher in den Druck gibt, und ich bin derjenige, der sie nachher lesen muß. Nun find ich es sehr natürlich, daß ich zu ihm sagen kann: seht, mein Herr, so und so müßt Ihr die Bücher einrichten, dann gefallen sie mir beim Lesen. Und das will er nicht.

SKARAMUZ. Aber, Kerl, warum nicht?

SCHRIFTSTELLER. Ihro Majestät geruhen nur zu bemerken, daß der Mensch keinen Geschmack hat, und daß er schlechte Bücher von mir verlangt; darin kann ich ihm doch unmöglich willfahren.

SKARAMUZ. Aber warum nicht, da es ihn doch am Ende trifft, daß er dein Geschreibe lesen muß? Du sollst also den Geschmack haben, den er von dir verlangt. Ich sehe wohl, du bist ein eigensinniger Bursche, gehe hin und bessere dich. –

Schriftsteller ab.

LESER. Ich danke für gütige Resolution.

SKARAMUZ. Aber, Ihr Narr, braucht ja nur gar nicht zu lesen, so ist ja der Handel mit einem Male aus.

LESER. Nein, gnädigster König, das kann ich nicht lassen, weit eher das Tabakrauchen. Lesen ist mein einziges Vergnügen und bildet mich und klärt mich auf.

SKARAMUZ. Versteht Ihr auch alles, was Ihr lest?

LESER. Ich denke wohl, und wenn ich einmal den Weg unter meinen Füßen verliere, so denke ich immer, des Himmels Güte wird auch das wohl zu meinem Besten lenken.

SKARAMUZ. Geht und fahrt so fort, denn Ihr habt einen guten Glauben. *Leser ab.* – Habt Ihr die Wissenschaften wohl schon in solchem Flore gesehn?

RÄTE. Niemalen.

Aulicus und Myrtill kommen.

SKARAMUZ. Was gibt's? Redet!

AULICUS. Mein König, wir sind Schäfer, was man so schlechtweg Schäfer zu nennen pflegt, aber Schäfer im weitesten Sinn des Worts, denn wir halten uns auch etliche Kühe.

SKARAMUZ. Ist das eure Klage?

AULICUS. Nimmermehr. Je da müßten wir ja wohl rechte Erzstümper sein, wenn wir darüber klagen wollten. Nein, im Gegenteil, wollte der Himmel, wir hätten nur mehr.

SKARAMUZ. Kommt zur Sache.

MYRTILL. Gevatter, laßt mich das Wort führen, sonst kann ja der König nimmermehr klug werden. Versteht mich, Herr König, und wenn Ihr den Mann da bis übermorgen reden ließet, so würde er doch nicht zur Sache kommen. Er ist mein Gevatter, und sonst ein guter Mann, aber das müssen ihm selbst seine Feinde im Grabe nachsagen, daß er das Maul immer vornweg hat. Es ist ein Erbschaden an ihm.

SKARAMUZ. Was wollt ihr denn, Leute? Ich verliere die Geduld.

MYRTILL. Nimmermehr, Herr König, denn wir haben sie auch schon verloren. Wißt Ihr was Scheren ist?

SKARAMUZ. Dumme Frage! Wie sollt ich denn das nicht wissen?

MYRTILL. Nun, so haben wir den Prozeß beinahe schon gewonnen. Die Schafe werden nämlich von uns geschoren, und das ist gut und löblich, denn dazu sind sie da; wir haben das auch immer bis jetzt redlich beobachtet, aber nun soll sich das Ding umkehren, denn die Schafe haben gegen uns rebelliert.

SKARAMUZ. Wieso?

MYRTILL. Es ist so weit gekommen, daß sie verlangen, wir sollen uns zur Abwechselung auch einmal scheren lassen.

SKARAMUZ. Was haben sie für Gründe?

MYRTILL. Sie haben ordentlich einen Anwalt angenommen, ihre Sache in Schutz zu nehmen.

SKARAMUZ. Laßt ihn kommen.

GRÜNHELM *tritt auf.*

SKARAMUZ. Sieh da, Grünhelm! bist du derjenige, der da behauptet, die Schäfer müßten sich von ihren Schafen rasieren lassen?

GRÜNHELM. Allerdings, durchlauchtigster Apollo.

SKARAMUZ. Aus welchen Gründen?

GRÜNHELM. Erstlich haben sie es den Schafen so oft getan, daß es nun zur Abwechselung wohl einmal mag umgekehrt werden. Sie haben von den Schafen so viele Wohltaten genossen, daß es ja nur ein unbedeutendes *don gratuit* ist, was die armen Tiere jetzt von diesen hartherzigen Schäfern verlangen; wahrlich, ich wollte mich nicht um eine solche Kleinigkeit schlachten und scheren und hudeln lassen. Dann seht nur zweitens, die schönen Bärte um Kinn und Maul, nicht wahr, jedermann muß Lust zum Scheren bekommen, der diesen reichen Segen sieht? Welche Gedanken sollen wohl die guten geduldigen Schafe fassen, wenn sie dergleichen vortreffliche Wolle im Winter und Sommer, in Schnee und Regen, zwecklos baumeln sehn? Es wäre ihnen ja wahrlich nicht zu verargen, wenn sie auf die Meinung gerieten, daß alles Scheren nur unnütze Schererei wäre. Schließlich werden diese Schäfer es auch drittens viel besser nachher einsehn, was es auf sich habe, geschoren zu werden; sie werden dadurch gegen die Schafe mitleidiger und dankbarer werden. Ich will sie bloß zur Tugend anführen.

SKARAMUZ. Du hast recht. Schäfer, ihr habt euren Prozeß verloren, geht und unterwerft euch dem Willen eurer Untergebenen. *Die Schäfer ab.* – Sie werden zum allgemeinen Besten geschoren, die Spitzbuben, und wollen sich noch beklagen!

GRÜNHELM. Der Egoismus, Herr Apollo, ist sehr schwer aus dem Menschen zu vertreiben. *Sie gehn ab.*

Zweite Szene

Zimmer.
Rabe. Seine Gattin. Wilhelm, ein Knabe.

GATTIN *die mit einem kleinen Mädchen spielt.* Sieh, mein trauter Mann, Adelaide lernt schon spielen.

RABE. O welche väterliche Gesinnungen, welche liebevolle Empfindungen bei mir erregt werden, wenn ich so die Fortschritte meiner verehrungswürdigen Kinder gewahr werde.

GATTIN. Mit Recht nennst du sie verehrungswürdig, denn ich verehre sie auch, ja ich bete sie an.

WILHELM. Lieber Vater, wozu ist aber das Buchstabieren nütze?

RABE. Höre doch, liebe Gattin, die philosophische Frage des allerliebsten Kindes! – Komm her, Junge, dafür muß ich dich tüchtig küssen. – O Kind, du wirst gewiß ein großes Genie werden. Zweifelst du schon jetzt an dem Nutzen des Buchstabierens, was wirst du erst in deinem dreißigsten Jahre tun?

GATTIN. Er ist gar zu klug für sein Alter. Wenn es ihn nur nicht angreift.

RABE. Geh, mein Kind, mach dir jetzt ein Spiel zurecht, du hast nun heut schon zu viel gearbeitet. Hörst du? Du mußt dich nicht zu sehr anstrengen, sonst wirst du krank.

GATTIN. Du bleibst dann auch nicht so hübsch, wie du bist du wirst dann ganz häßlich.

RABE. Ich muß den Jungen doch wohl in die neumodische Schule schicken, so hart es mir auch ankommen wird, ihn nur einen Augenblick von mir zu lassen. Ich war neulich bei der Prüfung der Kinder zugegen, o teuerste Elisa, als sie so wunderbar mauzten und prauzten (denn sie buchstabieren dort nicht) halb niesend, halb hustend und gurgelnd, ich war in Entzücken verloren. Wie bedauerte ich, daß ich nicht von neuem auf diesem edleren Wege konnte lesen lernen!

WILHELM. Spiele mit mir, Vater! da sind die Karten, nun baue mir ein Haus.

RABE. Ich habe zu tun, mein Sohn.

WILHELM. Du sollst aber.

RABE. Nimm vernünftige Gründe an, mein Kind, ich habe wirklich keine Zeit. Das Geschäft ist dringend.

WILHELM. Ich will es aber.

RABE. Mein Sohn, wenn ich nicht beschäftigt wäre und ich wollte dann nicht mit dir spielen, so könntest du mir gegründete Vorwürfe machen, aber so –

GATTIN. So spiele doch nur mit ihm, du siehst ja, daß er weint.

RABE. Nun so komm, Wilhelm, weine nicht. Die Arbeit hat im Grunde auch noch Zeit und kann warten. Aber sei auch hübsch artig nun, du siehst ja, daß ich dir deinen Willen tue.

GATTIN. Ich lasse ja auch die Wirtschaft liegen, um meine Adelaide auszubilden.

RABE. Hast du schon die neuste Schrift für Mütter gelesen, Elisa?

GATTIN. Nein, mein Kind.

RABE. Das mußt du ja nicht versäumen; das Buch enthält ganz unvergleichliche Beobachtungen; zum Beispiel, daß eine Magd die Kinder nie nehmen dürfe, oder nur mit ihnen sprechen.

GATTIN. Ich dulde es niemals; immer hab ich geschaudert, wenn unsre Katharine, sonst eine gute Person, das himmlische Kind nur anblickte. Ja, schon die Blicke können meinen Engel entweihen.

WILHELM. Wenn du was bauen willst, Vater, so mußt du auch die Gedanken dabei haben und nicht andre Sachen reden.

GATTIN. Ein allerliebster Junge. – Sieh, Adelaide, so wirft man in die Höhe. Das heißt *werfen,* mein Kind.

RABE. Wie sich doch seit der Regierung des jetzigen Apollo die Sitten verfeinert haben! Wie schlecht wurden wir erzogen, Elisa!

GATTIN. Ja wohl, so rauh und barbarisch; wir mußten vor unsern Eltern Respekt haben! – Aber sage, was war es doch für ein schrecklicher Mensch, der unserm zarten Wilhelm gestern einen Hanswurst zum Spielen brachte?

RABE. Fürchterlich! Was sollte das idealisch gestimmte Wesen doch mit dieser gotischen Fratze? Aber ich habe es dem Gevatter Brusebart eingetränkt, und er wird mit dergleichen nicht wieder kommen. Ich bestellte ihm gleich darauf beim Drechsler einen kleinen belvederischen Apoll, damit der Liebliche hohe Gestalten, Götterphysiognomien zu seinen Gespielen habe, und sich so der Sinn für die hohe Kunst in ihm so leichter erschließe.

GATTIN. Der Eindruck, den die barbarische Figur auf mich gemacht hat, war so stark, daß ich die ganze Nacht von diesem fürchterlichen Hanswurst geträumt habe. Am Ende warst du selbst der Gräßliche, mein Selmar, und ich erwachte mit Entsetzen.

RABE. Könnte man die guten Kinder nur ganz vom übrigen Menschengeschlecht absondern, so würde ihre Heiligkeit um so weniger gestört. Denk – am vorigen Sonntag hör ich unsern Wilhelm in der Rosenlaube, indem er für sich: »Ach du mein lieber Augustin!« singt.

GATTIN. Schaudervoll, o schaudervoll, höchst schaudervoll!

RABE. Da er Trieb zur Kunst hat, so habe ich den herrlichen Chorgesang aus dem Sophokles über das Schicksal zu der Melodie: »Blühe liebes Veilchen«, bearbeitet, und das soll er einstudieren; kann er den lieben Augustin aber gar nicht vergessen, so akkommodiere ich ein Matthisonsches Mondscheingedicht zu dieser Weise, damit ihm die Gemeinheit des Liedes nur verschwinde.

GATTIN. Die Kinderschriften haben doch eine vorteilhafte Revolution zuwege gebracht.

RABE. O was werden unsre Kinder auch für göttliche Menschen werden!

GATTIN. Man wird sie ohne Zweifel in Kupfer stechen.

RABE. Wir werden uns vor Freude, die wir an ihnen erleben, gar nicht zu lassen wissen. – Lange regiere unser Apoll!

GATTIN. Komm mit ihnen in den Garten, daß sie die Natur empfinden, und sich von der Holdseligkeit der Rosen anlachen lassen.

Sie gehn ab.

Dritte Szene

Ein andres Zimmer.
Melpomene, der Fremde.

FREMDER. Liebe Frau, wie lange sind wir nun schon miteinander verheiratet?

MELPOMENE. Vier Wochen.

FREMDER. Ist es noch nicht länger?

MELPOMENE. Währt dir die Zeit so lang?

FREMDER. Das grade nicht; aber ich meinte, es sei länger.

MELPOMENE. Soll ich nun darüber nicht weinen?

FREMDER. Du weinst viel zu viel; wir zanken uns alle Tage, und haben in den vier Wochen wenigstens dreißig Aussöhnungen gefeiert.

MELPOMENE. Du betrübst mich recht von Herzen; du bist ein leichtsinniger Mensch, ein Mensch, der an meinem Jammer Vergnügen findet.

FREMDER. O so höre doch auf.

MELPOMENE. Einer, der ungerührt meine Tränen sehn kann.

FREMDER. Hol doch der Teufel den Apollo! Warum hat er dich nicht auf dem Theater behalten?

MELPOMENE. Ja, ich wollte, ich hätte dich nie mit Augen gesehn.

FREMDER. Wär ich doch nie hiehergekommen!

Grünhelm und Thalia.

GRÜNHELM. Wir müssen euch doch auch einmal besuchen, Freunde.

THALIA. Wie geht's, liebe Melpomene?

MELPOMENE. O mein Mann –

GRÜNHELM. Nun, Doktor, wie steht's?

FREMDER. O meine Frau –

THALIA. Ihr seid beständig entzweit, und das ist durchaus nicht recht. In eurem Hause regiert immer ein bürgerliches Trauerspiel, und das ist mir etwas Verhaßtes.

MELPOMENE. Ist es zu ändern?

THALIA. Ihr müßt euch wieder vertragen. Melpomene, du mußt nachgeben.

MELPOMENE. Eher sterben.

THALIA. Daraus wird ja doch nichts; das darf ja schon des frohen Ausgangs wegen nicht geschehn. Warum lebe ich denn mit meinem Manne glücklich?

MELPOMENE. Weil du eine Närrin bist.

GRÜNHELM. Gehorsamer Diener! Also verlohnte es sich wohl gar nicht der Mühe, mit mir glücklich zu sein?

MELPOMENE. Schwerlich.

FREMDER. Nun, Frau, da ist meine Hand, sei wieder gut. Die Szene darf ja doch nicht zu tragisch werden.

MELPOMENE. Du gibst also zu, daß du unrecht hast?

FREMDER. Nimmermehr!

MELPOMENE. Nun, Thalia, da siehst du.

THALIA. Auf diese Art könnt ihr nimmermehr zusammenkommen. Der hat offenbar unrecht, der jetzt nicht zur Versöhnung die Hand bietet; wer dem andern zuerst vergibt, der hat das meiste Recht.

Die beiden Eheleute umarmen sich.

FREMDER. O wie ich dich nun wieder liebe! – Wie mein Herz nur für dich schlägt!

MELPOMENE. Ebenfalls.

FREMDER. Ich begreife nicht, wie ich dich so verkennen mochte.

MELPOMENE. Ich auch nicht, Geliebter.

FREMDER. Im Grunde hatten wir beide unrecht.

MELPOMENE. Ich geb es zu.

FREMDER. Nun so sei dieser Tag der Versöhnung ein Tag der Freude für uns. – Bleibt bei uns, lieben Freunde, und helft uns ein so schönes häusliches Fest der Liebe begehn.

Gehn ab.

Vierte Szene

Das Meer.
Ein Kriegsschiff segelt vorüber, Pantalon der Admiral auf dem Verdecke, Soldaten.

PANTALON. Ihr, meine lieben Soldaten, heut muß das Seegefecht notwendig vorgenommen werden, denn der Wind ist uns überaus günstig. Auch können wir uns nicht länger halten, weil uns der Proviant ausgeht.

EIN SOLDAT. Soll es ein scharfes Seegefecht werden?

PANTALON. Wir fechten bis auf den letzten Mann. Und daß nur keiner zu desertieren gedenkt!

SOLDAT. Davor soll uns Gott behüten.

PANTALON. Der fremde Admiral kann unmöglich standhalten, denn seine Flotte ist viel schwächer; er wird sich ergeben müssen, und dann fahren wir im Triumph nach Hause.

SOLDAT. Wenn nur keiner von uns dabei umkömmt!

PANTALON. Da muß man schon die Augen zudrücken und fünfe gerade sein lassen, denn das steht nicht zu ändern.

SOLDAT. Aber wen's trifft, der hat doch den Schaden.

PANTALON. Sprich beherzter, sonst bist du ein erbärmlicher Soldat.

Sie fahren vorbei, die übrige Flotte folgt.
Ein anderes Kriegesschiff tritt auf. Harlekin als Admiral, Soldaten.

SOLDAT. Soll heut die Bataille vorgenommen werden?

HARLEKIN. Wenn ihr es meint, Leute, so wollen wir dran; einmal muß es ja doch sein, und so ist es immer besser heute als morgen.

SOLDAT. Wir haben schon alle Flinten geladen.

HARLEKIN. Das ist recht, Kinder; und im Gefecht nur nicht den Mut verloren! Bedenkt, daß ihr doch irgendeinmal sterben müßt, und daß ihr hier auf der See fürs Grab nichts zu bezahlen braucht.

SOLDAT. Ganz gut, ich wollte, der Feind wäre erst da.

HARLEKIN. Ist die ganze Flotte beisammen?

SOLDATEN *von den andern Schiffen.* Ja, Herr Admiral!

HARLEKIN. Nun stellt euch in Schlachtordnung. Marsch! links um! – So! – wir müssen dem Feinde den Wind abgewinnen, wir müssen nicht saumselig sein, denn auf unsere Behendigkeit kömmt alles an.

Pantalon tritt mit seiner Flotte auf.

PANTALON. Sieh, da ist ja die feindliche Flotte. Das ist mir recht lieb, so brauchen wir nicht länger die Hände in den Schoß zu legen. Schießt nur brav nach den Matrosen, lieben Leute, wenn sie oben in den Masten herumklettern.

HARLEKIN. Macht den Angriff!

Es wird geschossen; die Kanonen donnern; viel Rauch; die Schiffe geraten aneinander; ein paar fallen um; das Meer schwimmt voll Soldaten.

PANTALON. Es ist ein heißes Gefecht.

HARLEKIN. Nun wollen wir das Admiralschiff entern.

Er steigt mit seinen Soldaten bei Pantalon an Bord.

PANTALON. Was ist das? – Ei, den Teufel, das gilt nicht! das gilt nicht! – das ist gegen alle Kriegsmanier! – Harlekin, das gilt nicht! das gilt nicht!

HARLEKIN. Warum soll's nicht gelten? Ich habe nun den Krieg gewonnen.

PANTALON. Das ist ganz was Neues, das ist gegen alle Abrede.

HARLEKIN. Ei was, im Kriege gelten alle Vorteile.

PANTALON. Nein, Herr Narr, das soll nimmermehr sein. Ich will die alte Manier behaupten. *Sie ringen miteinander, Pantalon fällt ins Wasser.* Hülfe! Hülfe!

HARLEKIN. Nun haben wir den glorreichsten Sieg davongetragen.

Der Direktor Wagemann kömmt als Neptun aus der Tiefe des Meeres.

WAGEMANN. Wer macht auf meinem Schauplatz solch Getöse?

PANTALON. Da bin ich ins Wasser gefallen, Herr Wagemann, und habe die Seeschlacht verloren.

WAGEMANN. Hier schwimmt ja alles voll Soldaten. Kerls, stellt euch doch auf eure Beine, was schwimmt ihr denn?

Die Soldaten stehn aufrecht und gehn ans Ufer.

PANTALON. Helft Ihr mir denn nicht, Herr Directeur?

WAGEMANN. Steige unverzagt hier in meinen Wagen hinein, wir wollen nachher deine Kleider trocknen.

PANTALON. Das war ein grausames Meertreffen. *Er wird ans Ufer gefahren.*

HARLEKIN. Wir können nun auch aussteigen, denn der Triumph ist unser.

PANTALON. Herr Neptun! ich habe in der Hitze der Schlacht meine kostbare Admiralskappe verloren; wie soll das werden?

NEPTUN. Ich will in den Grund des Meers hinunterfahren und sie suchen. *Er geht unter.*

HARLEKIN. Soldaten, steigt ans Land! *Sie steigen alle ans Land.*

PANTALON. Zwei von meinen Schiffen sind in den Grund gebohrt, der Schade ist ganz unersetzlich.

NEPTUN *aus dem Meere.* Hier ist die Mütze, Pantalon, nehmt sie künftig besser in acht. Ihr seid überhaupt liederliches Gesindel; es liegen da noch sehr viele Theaterrequisiten herum. Wer hat am Ende den Schaden davon als ich?

PANTALON. Bei einer Bataille kann man nicht so haarscharf auf alles achtgeben.

Skaramuz mit Gefolge.

SKARAMUZ. Ich habe lange keinen so angenehmen Spaziergang gemacht. – Was ist das da?

SCHATZMEISTER. Das Meer, mein König.

SKARAMUZ. Das Meer? – Sieh, ich habe ein Meer in meinem Lande, und weiß kein Wort davon. – Und wer seid Ihr?

HARLEKIN. Euer getreuster Untertan, der Admiral Harlekin, der soeben den großen feindlichen Admiral Pantalon überwunden hat.

SKARAMUZ. Ich weiß von euch allen nichts. Also hat meine Flotte den Sieg davongetragen?

HARLEKIN. Allerdings.

SKARAMUZ. Aber, Kerle, warum sagt ihr mir nichts davon, daß dergleichen in meinen Staaten vorgeht?

SCHATZMEISTER. Es wäre schädlich, wenn Ew. Majestät für alles sorgen wollten.

SKARAMUZ. Nun das hat seine Richtigkeit. Und du bist also mein Feind?

PANTALON. Ihnen aufzuwarten, mein König.

SKARAMUZ. Bei welchem Könige dienst du denn?

PANTALON. Ihro Majestät, ich habe den Namen vergessen, und der tut ja doch auch nichts zur Sache. Jeder Mensch hat seine Feinde, und so geht es Ihnen auch. Genug, wir sind besiegt, und die Ruhe in Ihrem Reiche ist wieder hergestellt.

SKARAMUZ. Was ist denn das für ein Kerl da in der See?

EIN SOLDAT. Das ist der Meergott, Neptun.

NEPTUN. Herr Skaramuz, Sie vergessen sich zu sehr, das muß ich Ihnen sagen. Ihr Hochmut übersteigt beinah alle Grenzen, Kennen Sie mich, Ihren Directeur Wagemann nicht mehr?

SKARAMUZ. Ich erinnere mich ganz dunkel eines solchen Namens.

NEPTUN. Ich habe Ihnen zu befehlen, mein Herr.

SKARAMUZ. Mir zu befehlen?

NEPTUN. Nun, warten Sie nur den letzten Akt ab, so sollen Sie es schon gewahr werden; ich mag jetzt das Schauspiel nicht stören; aber ich bin imstande, und gebe Ihnen den Abschied.

SKARAMUZ. Mir den Abschied? Einem Könige den Abschied? Nun, hört nur, Leute, welche revolutionäre Gesinnungen der Wassernix da von sich gibt. Mein Herr Neptun, oder wer Sie sein mögen, ich verspreche Ihnen, daß Sie gar keinen letzten Akt erleben sollen.

NEPTUN. Wir sprechen uns schon wieder. *Geht unter.*

SKARAMUZ. Wo ist der Kerl geblieben?

SCHATZMEISTER. Er ist versunken.

SKARAMUZ. Wie kömmt das?

SCHATZMEISTER. Vermöge der Maschinerie.

SKARAMUZ. Der Kerl, der Maschinist, ist doch an allen Dingen in der Welt schuld; er hat mir schon unsägliche Leiden erregt. – Maschinist, hieher!

Der Maschinist kömmt aus der See.

MASCHINIST. Was gibt's, Herr Skaramuz!

SKARAMUZ. Du lässest ja die Leute versinken, wie ich höre.

MASCHINIST. O ja, mein König, wenn es das Stück erfordert.

SKARAMUZ. Immer hör ich von einem Stücke reden. Mir hast du noch nie das Vergnügen gemacht, daß ich versunken wäre.

MASCHINIST. Es hat auch nichts davon in Ihrer Rolle gestanden.

SKARAMUZ. So? Aber mit einem Gewitter bist du mir doch zur Last gefallen, das mir äußerst fatal war? – Jetzt will ich einmal untergehn.

MASCHINIST. Bemühen Sie sich nur zu mir ins Meer herein.

SKARAMUZ. Ins Meer? Ja, daß ich dir doch traute; ich könnte am Ende gar ersaufen. Das Meer ist keines Menschen Freund.

MASCHINIST. Ich gebe Ihnen mein Wort, Sie sollen mit der größten Sicherheit untergehn.
SKARAMUZ. Ich will aber lieber hier auf dem Trocknen versinken.
MASCHINIST. Mein König, dort sind keine Falltüren angebracht.
SCHATZMEISTER. Tun Sie's immer dort in der See, es hat wirklich keine Gefahr.
SKARAMUZ. Nun, auf eure Verantwortung, Leute. Wenn ich sterbe und es wird aus euch eine Republik, so habt ihr den größten Schaden davon. *Er geht ins Meer und versinkt; die übrigen gehn ab.*
SCÄVOLA. So eine Meerschlacht ist doch etwas Grausames.
DER ANDRE. Man glaubt es vorher nicht so, bis man es selber mit Augen sieht.
PIERROT. Was ich zu tadeln habe, ist nur, daß in solchen Szenen immer viel Wasser sein muß.
DER ANDRE. Es hat bis jetzt noch keiner die poetische Schwierigkeit überwunden, eine Seeschlacht ohne Wasser zu machen.

Fünfte Szene

Feld.
Apollo. Admet. Alceste.

APOLLO. Warum duldet Ihr alles mit dieser feigen Unterwürfigkeit?
ADMET. Was soll ich tun? Meine ganze Seele empört sich dagegen, aber er ist zu mächtig.
ALCESTE. Die Notwendigkeit lehrt uns, mit Dingen vertraut tun, die wir sonst nicht einmal in Gedanken ertragen konnten.
APOLLO. Nehmt Eure königlichen Gesinnungen wieder an, versammelt Eure Macht und tut offenbaren Widerstand. Glaubt mir, man hat schon dadurch Stärke, daß man sich welche zutraut.
ADMET. Du sprichst gut, Schäfer; wer hat dich das gelehrt?
APOLLO. Braucht man das zu lernen? Ihr seid zu zahm, vertraut Euch selber, bedenkt, was Ihr gewesen seid, und noch sein könnt, wenn Ihr wollt. Geht, wir sehn uns bald wieder.

Admet, Alceste ab.
Aulicus und Myrtill.

APOLLO. Was fehlt euch? Ihr seht so verdrüßlich aus.
AULICUS. Hol der Henker Eure ganze Kultur, sie hat uns schlechte Dienste geleistet.
APOLLO. Wieso?

AULICUS. Seht uns nur an. Unsre schönen Bärte hat man uns gänzlich weggeschnitten, wir sind gar nicht mehr, was wir waren. Und das ist auf Befehl unsers Königs und unsrer Schafe geschehn.

APOLLO. Warum leidet ihr dergleichen?

MYRTILL. Ja, ehemals, in unserm rohen Zustande hätte uns einer mit solcher Anmutung kommen sollen! Aber Eure verwünschte Bildung, zu der Ihr uns verführt habt! Als es uns so was mehr auseinandergesetzt wurde, kam es uns selber ganz vernünftig vor. Und dann die Übergewalt!

APOLLO. Ihr hättet euch widersetzen sollen.

MYRTILL. Keiner will der erste sein, weil er sich vor Schaden fürchtet; man wird geschoren, macht ein krummes Maul, und denkt hernach: nun war's doch vorbei.

APOLLO. Eure sklavische Gesinnung, nicht die Gewalt, ist also Ursach, daß ihr unterdrückt werdet, da ihr das Schimpfliche gern duldet, um nur der Gefahr zu entgehn.

Die Vorigen. Mopsa. Phyllis.

APOLLO. Schäfer, und Ihr Schäferin, ich muß euch jetzt verlassen, aber wir sehn uns bald wieder.

MOPSA. Heiratet Ihr denn keine von uns?

APOLLO. Ich darf nicht, das Schicksal und die Götter sind dagegen.

MOPSA. Ihr seid ein Narr. – Nun, Myrtill, so muß ich wohl mit Euch vorliebnehmen; Ihr seid gebildet und geschoren, und Ihr gefallt mir nun viel besser.

AULICUS. Und du, Phyllis?

PHYLLIS. Je nun, wenn meine Schwester mir mit dem Beispiele vorgeht, so will ich mich auch mit dir zufriedenstellen.

Schäfer ab.

APOLLO *allein.*

Ich muß mich schämen, wenn ich Feigheit tadle;
Denn hält mich etwas andres hier zurück,
Als daß ich der Gefahr entweichen möchte?
Wir leben gern in Schande, wenn die Schande
Sich nur mit Sicherheit vermählt. Doch kann
Denn Sicherheit der ganz verkehrte Sinn
In Ruh und Ohnmacht und Verachtung finden?
Wir fliehn vor unsern eigenen Gedanken,
Wenn sie uns raten, nicht das Joch zu dulden. –
Lebt wohl, ihr Herden und ihr stillen Fluren,
Ich gehe kühnlich der Gefahr entgegen,

Ich will mein altes Königreich besitzen,
Wo nicht, auf edle Art dem Feind erliegen.

Geht ab.

Sechste Szene

Einsamer Felsen im Meer. Nacht.

SEELMANN *ein Soldat, oben auf dem Felsen.*
Wie furchtbar hohl die Flut tief unten wallt,
Die dunkle Einsamkeit ertönt vom Klange
Der Meereswogen, die der Wind bewegt.
Warum bin ich allein zurückgeblieben,
Da alle Rettung fanden aus der Schlacht?
Nun harr ich lange schon auf diesem Felsen,
Ob meine Augen nicht ein Schiff erspähn,
Das von der öden Klippe mich erlöse.
Du hellgestirnter Himmel, der mein Leid
Schon oft gesehn, oft mein Gebet gehört,
Laß endlich der Befreiung Stunde nahn.
Das wilde Meer ist taub und unerbittlich,
Es sendet keinen Menschen mir zur Hülfe,
Kein Fischernachen schwimmt herbei, ach kein
Zerbrechlich Fahrzeug! ja, ich möchte mich
Dem Brett, der schwachen Stange gern vertraun.
Ach, wer noch nie die Einsamkeit empfand,
Wen seine Freunde niemals noch verließen,
Ja wer auch ohne Freund nur lebt bei Menschen,
Wie ist sein Los zu neiden! – Seltsam klingt
Der Zug von Wasservögeln über mir;
Wie grauenhaft dehnt sich die Dunkelheit
So tief hinaus und dämmert ungewiß
Vom Widerschein der Sterne in der Flut;
Bald spricht die Welle wie mit Menschenstimmen,
Und höhnt mein einsam Leiden boshaft spottend;
Bald sieht mein schwindelnder Blick in grauer Ferne
Ein Land so wie in Wolken stehn, mit Bergen,
Mit Bäumen ausgeschmückt, und meine Sehnsucht
Vernimmt ein Waldgeräusch, der Äxte Klang,
Den Fall der Bäume: dann vergeß ich wohl,
Daß diese Klippe meine Heimat ist. –

Die Sonne geht auf.

Mit welcher Wonne füllt mich dieser Blick
An jedem Morgen! Furchtbar majestätisch
Ergießt aus allen Quellen sich der Strom
Des purpurroten Glanzes, goldne Schimmer
Entsprühen funkelnd aus der grünen Flut;
Die Wogen klingen bis zum Grund der Tiefe
Geheimen Lobgesang, die Adler ziehn
Aus ihren Nestern übers Meer dahin,
Und fliegen mit dem Gruß der Sonn entgegen.
Was ist der Mensch, daß er um Leiden jammert?
Wer sieht die Allmacht, die mit goldnem Fittich
So unermeßlich in die Welt hineinrauscht,
Und denkt an sich? hinweg, du kindisch Zagen!
Was seh ich? blendet mich der trunkne Blick?
Ein majestätisch Schiff auf ferner Woge?
Hieher! hieher! bemerkt dies weiße Tuch,
Das hoch im kühlen Morgenwinde flattert!

Er winkt durch Zeichen.

Ein Boot wird ausgesetzt! – sie nahn, sie kommen –
Schon kann ich Menschen unterscheiden – welch
Gefühl gleicht meiner Freude? – O willkommen!

Ein Boot mit Matrosen rudert heran.

ERSTER MATROSE. Sieh, wie der Mensch da oben am Felsen klebt!

ZWEITER MATROSE. Bis jetzt ist es uns noch nie gelungen, einen solchen Vogel auszunehmen.

ERSTER MATROSE. Steig herunter, Mensch!

SEELMANN *herunterkletternd.*

O Freude! Freude!
Nach langem Leide,
Seh ich die lieben Brüder,
Die Menschen wieder!

ZWEITER MATROSE. Höre nur, er singt ordentlich.

ERSTER MATROSE. Er hat sich hier in der Einsamkeit wohl aufs Singen legen müssen?

SEELMANN *im Boot.*

O Leute, ein ganzes Buch will ich schreiben,
Das soll jedem Leser die Zeit vertreiben,
Von allem, was ich auf dem Felsen gelitten,

Wie manche Not ich hier bestritten,
Was ich von der Einsamkeit ausgestanden,
Und wie mich endlich Menschen wiederfanden.

ERSTER MATROSE. Es ist wohl sehr einsam da oben?

SEELMANN.
Freunde, ihr glaubt's nicht, wenn man's auch erzählt,
Wie sehr es an guter Gesellschaft fehlt;
Man ist nur immer mit sich allein,
Da mag der Henker lange verständig sein:
Man lebt hier beinahe wie auf dem Land,
Keine Neuigkeit kömmt einem zur Hand,
Von Maskeraden schweig ich nun gar und von Bällen,
Die einzige Unterhaltung sind die Meereswellen;
Ja, vernehmt ihr erst alle meine Klagen,
Was, Freunde, werdet ihr dann wohl sagen?
In dieser weiten Ferne konnt ich den Souffleur nicht spüren,
Und doch mußt ich einen großen Monolog rezitieren.

ERSTER MATROSE. Seid also froh, daß wir Euch gefunden haben.

Fahren ab.

Siebente Szene

Wirtshaus.
Der Wirt. Anne.

WIRT. Von unserm Fremden haben wir doch gar nichts weiter gehört.

ANNE. Er war ein sehr uninteressanter Mensch.

WIRT. Wußte dabei gar nichts einmal von den simpelsten dramatischen Regeln, verwunderte sich über alles. Es ist recht gut, daß er kein Fürst oder dergleichen war, denn da er die *ars poetica* nicht studiert hatte, wäre er gewiß aus seinem Charakter gefallen.

ANNE. Habt Ihr denn Euern Charakter auch daher, Vater?

WIRT. Eigentlich wohl nicht, denn die Wirte sind dort nicht namentlich mit aufgeführt; aber ich habe mir aus allen meinen Erfahrungen eine Art von Theorie zusammengesetzt, so daß ich nicht leicht irren kann.

ANNE. Wie fangt Ihr's nun an?

WIRT. Das Hauptsächlichste, worauf ich zu sehn habe, ist, daß ich nicht unnatürlich werde; alles andre gibt sich schon eher. Ich muß also allen Schwulst vermeiden, alle poetischen Ausdrücke, ich darf nicht zu verständig sprechen.

ANNE. Also daran liegt's? Hab ich doch immer nicht gewußt –

WIRT. Ja, ja, wer kann gegen seine Bestimmung? Es ist nun einmal so angenommen; es hat mich Mühe genug gekostet, mich gehörig einzurichten, und es wurde doch wohl Klage geführt, daß der Dichter manchmal aus mir herausguckte. Es ging mir einigemal wie dem Midas, der seine langen Ohren durchaus nicht verbergen konnte. – Sieh, jetzt bin ich nun zum Beispiel recht eklatant aus meinem Charakter herausgefallen! – Wie kann ein Wirt eine gelehrte und witzige Anspielung auf den *Midas* machen! – außer, es müßte denn vorher sehr weitläuftig motiviert und präpariert sein; man müßte erfahren, der Wirt habe einer vorzüglich guten Erziehung genossen, er habe sogar die Alten gelesen, und sei nur durch wunderliche Zufälle dahin gekommen, ein Wirtshaus zu halten. – Das mit dem Midas war nun wieder der Dichter, der aus mir hervorguckte. Es ist doch ein verfluchter Fehler, den ich an mir habe!

ANNE. Sollte der Dichter aber wohl darauf kommen, seine Weisheit oder seinen Witz mit Eselsohren zu vergleichen? Ich denke doch immer, daß Ihr das selber erfunden habt.

WIRT. Es ist doch wenigstens unwahrscheinlich, und das darf nicht sein.

Direktor Wagemann kömmt.

WAGEMANN. Ihr Diener, kennen Sie mich?

WIRT. Je, was soll ich denn meinen verehrungswürdigen Herrn Direktor nicht kennen? Ganz ergebenster Diener. Wie kommt denn mein schlechtes Haus zu der unverdienten Ehre?

WAGEMANN. Es ist ein seltsamer Vorfall, der mich zu Ihnen bringt; aber ich muß wissen, ob ich mich auf Ihre Verschwiegenheit verlassen kann.

WIRT. Durchaus, wertgeschätzter Herr Direktor.

WAGEMANN. Sie werden wissen, daß sich unser Skaramuz der Rolle des Apollo angemaßt hat, und daß er unter diesem Namen das Land beherrscht.

WIRT. O ja.

WAGEMANN. Nun gut. Ich sah das Ding ruhig mit an, weil es mir im Grunde gleichgültig ist, wer Apollo genannt wird. Ich spiele meine Stücke, wie sie das Zeitalter mit sich bringt, und weiter hab ich mich nie darum gekümmert. Ich wollte also bei dieser Gelegenheit auch in diesen löblichen Gesinnungen fortfahren, allein Herr Skaramuz macht es mir unmöglich. Er ist so hochmütig geworden, daß er mir grob begegnet, daß er seine und meine Person ganz vergessen hat. Überdies fürcht ich noch, daß der Kerl den Gedanken im Kopfe hat, das Stück gar nicht zu beendigen, damit er nur immer an der Regierung bleiben und ich ihn nicht abstrafen könne. Aus allen diesen Ursachen ist nun etwas sehr Großes im Werke.

WIRT. Ich bin begierig.

WAGEMANN. Es sind sehr viele angesehene Personen, die der Schelm alle beleidigt hat, zusammengetreten, um eine Verschwörung gegen ihn anzuzetteln, und ihn dann mit gewaffneter Hand vom Thron zu stoßen. Ich bin einer von diesen, und wir haben Ihr Haus, Herr Wirt, weil ich immer ein Freund von Ihnen gewesen bin, zur Zusammenkunft der Verschwornen auserwählt.

WIRT. O welches Glück! welch unendliches Glück! Herr Directeur, mein ganzes Leben reicht nicht hin, um Ihnen meine Dankbarkeit zu bezeigen. Das ist mir mehr wert, als wenn Sie mir wöchentlich drei Taler Zulage gegeben hätten. O Anne, meine Tochter! so freue dich doch mit deinem Vater! Mein Haus, diese Stube hier der Sammelplatz der Verschworenen! Aber kommen sie denn bald? – Nein, so etwas ist noch in keinem einzigen Stücke erhört! – Und der Herr Direktor sind darunter, folglich sind es gewiß lauter Männer von Gewicht und Ansehn, keine ordinäre Lumpenverschwornen. – In einem Wirtshause! Das kömmt selbst im Abällino nicht vor, so gemein es auch darin zugeht. – O Herr Directeur, lassen Sie sich umarmen!

WAGEMANN. Mäßigen Sie Ihre Entzückungen, lieber Freund, damit unsre Sache nicht vor der Zeit ruchtbar werde.

Poet kömmt.

POET. Ist noch niemand weiter hier?

WAGEMANN. Nein, Herr Poet.

POET. So muß der König Admet mit seiner Königin sogleich kommen.

WIRT. Welche hohe Personen nehmen heut unter meinem Dache vorlieb!

POET. Es wird ein furchtbarer Aufruhr werden. Skaramuz mag auf seinem Throne nur fest sitzen.

Admet und Alceste.

ADMET. Da sind wir, meine Herren; ich hoffe, ich will wieder zu meiner Krone gelangen, die mir der Usurpator entrissen hat.

ALCESTE. Ist der Schäfer noch nicht hier?
POET. Noch niemand weiter.

Aulicus und Myrtill.

AULICUS. Da sind wir auch; ich denke, wir sollen ziemlich gute Soldaten abgeben.
MYRTILL. Ich will ihm den Possen gedenken, und gewiß tapfer dreinschlagen.
AULICUS. Ja, ja, er soll auch einmal die Pflichten eines Untertanen empfinden.
MYRTILL. Sieh, da draußen zieht eine große Armee auf. Nun krieg ich erst rechte Courage.
WIRT. Meine Herren allerseits, das wird aber ein furchtbarer blutiger Krieg werden.
POET. Allerdings, und ich hoffe, daß unsre gerechte Sache siegen wird.

Der Schriftsteller und Apollo.

SCHRIFTSTELLER. Da bring ich den Schäfer, der uns alle aufgehetzt hat.
APOLLO. Hier treff ich ja unsre ganze Gesellschaft. Nun, meine Freunde, habt ihr alle Mut zur Unternehmung?
ALLE. Ja!
WIRT. O nun wird geschworen werden! Nun wird geschworen werden! Was sich das feierlich machen wird!
APOLLO. Nein, keinen Schwur. O meine Freunde! welchen andern Sporn als unsre Sache braucht es, uns zu stacheln zur Herstellung? Und welchen andern Eid als Redlichkeit mit Redlichkeit im Bund, daß dies gescheh, wo nicht, dafür zu sterben? Entehrt nicht so den Gleichmut unsrer Handlung und unsern unbezwinglich festen Sinn, zu denken, unsre Sache, unsre Tat brauch einen Eid! – Wer so nicht denkt der ziehe sich zurück. Aber es ist kein solcher unter uns, und darum will ich mich euch jetzt entdecken. – *Er wirft die Verkleidung ab.* Ich bin Apollo!
ALLE. Apollo?
APOLLO. Niemand anders. Erschreckt nicht, meine Freunde, vor meiner Gottheit, denn im Grunde bin ich doch nur ein armer Narr, wie ihr alle.
WIRT. Einen Gott in meinem Hause zu haben! Welche Wollust!
APOLLO. Hört auf zu erstaunen, geliebten Freunde; ja, ich bin der echte, weltberühmte Apollo.

AULICUS *zu Myrtill.* Bauertölpel! willst du wohl den Hut abnehmen?

MYRTILL. Man kann ja nicht gleich an alles denken.

APOLLO. Nein, bedeckt euch, lieben Freunde. Es ist wahr, ich bin etwas Großes; indessen ihr seid jetzt meine Freunde, deren Beistand ich brauche. Ich bin ein Mann, vor dem sogar die Rezensenten einige Achtung hegen, ich habe alle Magister zu beschützen, ich bin oft in Stein gehauen und in dem belvederischen Apoll am besten getroffen; mir sind Operntheater und Komödienhäuser gewidmet, daß ich sie nicht alle zählen kann; ich bin oft vor den Musenalmanachen in Kupfer gestochen; ich bin, um mich kurz zu fassen, gewiß etwas recht Besondres. Indes hat das alles nichts zu sagen, ich weiß, daß wir nicht alle Götter sein können, es muß auch andre Kreaturen geben, und darum wollen wir nur ohne alle Zeremonien frisch ans Werk gehn.

ALLE. Es lebe der majestätische Apollo! *Alle ab.*

Der Vorhang fällt.

Musik

Menuetto con Variazioni

Es sind schon so viele Menuetten gemacht, daß es schwer ist, ein neues Thema zu finden. Bringt nun, ihr ruhigern Töne, wo möglich Vernunft, Absicht und Anwendung in das Schauspiel, da es bald zu Ende ist; vielleicht ist der Schluß das Beste. –

Aber, könnte man fragen, wäre es nicht zweckmäßiger, wenn dergleichen Werke nicht geschrieben würden? Das Höchste, was sie erreichen, ist: daß sie uns den Kopf verwirren.

Je nun, eine gute Verwirrung ist mehr wert, als eine schlechte Ordnung.

Variazio I

Das Neue ist bei einer Menuet, wie bei allem Vernünftigen, ein sehr entbehrliches Prädikat; in recht neumodischen Menuetten kommt man gar leicht aus dem Takt. Ob das Schauspiel nicht ganz ohne Takt-Abteilung mag geschrieben sein? – Aber wozu all die Verwirrung? Krieg und Frieden, Ernst und Scherz? Nichts ist durchgeführt, keine Idee hält uns stand. Wozu die Qual, da wir schwerlich unterhalten sind.

Je nun, so sind wir doch gequält, und das ist vielleicht jezuweilen auch Unterhaltung.

Variazio II

Wer darauf ausgeht, etwas Unerhörtes zu schaffen, kann gar leicht ins Alberne, und hinter die ersten Anfangsgründe des Verständigen geraten, weil nirgend warnende Tonnen gelegt sind, den Schiffer von Untiefen und Sandbänken zurückzuweisen. Der Verirrte hält dann das Kindische für das Neue und Seltsame; aus Sucht zum Exzentrischen ist er abgeschmackt geworden; o wehe dem Dichter, der in das Gebiet hineinsegelt! – Aber, ist es nicht vielleicht dem gegenwärtigen so ergangen? – Den englischen Lustspieldichtern hat man oft vorgeworfen, daß sie die dummen Charaktere mit vielem Witze schilderten, diejenigen aber ohne Witz und Verstand auftreten ließen, die im Stücke für witzig und geistreich ausgegeben würden; von den deutschen Lustspielern kann man dies nicht behaupten; ihnen geraten die Narren nicht, aber aus den Vortrefflichen und Verständigen, die sie schildern, werden, ohne daß sie es merken, unvergleichliche Narren; und also kann sich ein deutscher Komödiendichter gewiß immer mit einem englischen messen.

Je nun, vortreffliche Leser, die Narren entgehn euch also auf keinen Fall, der Dichter mag sich auch gebärden, wie er will; woraus ich den Schluß ziehe, daß es weit vorteilhafter sei, ein Leser als ein Dichter zu sein.

Variazio III

Alles Vortreffliche ist immer noch neu, so alt es auch sein mag, es wird sich auch noch lange so erhalten, denn man nützt es durch Gebrauch nicht sonderlich ab. Wer den Satz versteht, dem ist es unbenommen, neu zu sein. – Aber, Lesewelt, Zuhörerschaft, wenn du dich etwa im Zustande des Nichtverstehens befinden solltest! Wenn der Teufel es ordentlich so veranstaltete, daß du dich zu klug fühltest, um klug zu sein! Kannst du vielleicht gar nicht einmal das Thema aus unsern Variationen heraushören?

Je nun, so haben wir sie doch gespielt, wir legen den Bogen hin und gehn nach Hause.

Fünfter Akt

Der Parnaß.

SKARAMUZ *nachdenkend.* Die Regierung ist nunmehr in der schönsten Verfassung. Man kann nicht mehr Verstand haben, als ich besitze, und ich denke gewiß noch zu niedrig von mir. Bescheidenheit ist mein vorzüglichster Fehler, den ich mir mit der Zeit noch ganz abgewöhnen muß. – Manchmal schwindelt mir vor mir selber, wenn ich meine Größe ermesse; dann möcht ich den Hofpoeten wohl ein Buch in Dialogen von mir schreiben lassen. Aber der Hofpoet schreibt nicht erhaben genug.

Grünhelm kommt.

GRÜNHELM. Mein König, mir fehlt es an Atem.

SKARAMUZ. Das ist schlimm.

GRÜNHELM. Grausame, furchtbare, schreckliche Neuigkeiten habe ich vorzutragen.

SKARAMUZ. Rede, Adjutant, ich fange an zu zittern.

GRÜNHELM. Zittern Sie nur, gnädiger Herr, Ihr Zittern ist gerade am rechten Orte angebracht.

SKARAMUZ. Nun so sprich nur endlich; ich vergeh in der Angst, und weiß noch gar nicht, was mir fehlt.

GRÜNHELM. Die vollkommenste Rebellion ist fertiggeworden.

SKARAMUZ. Rebellion? – Was willst du damit sagen?

GRÜNHELM. Ach, und daß ich nun Frau und Kinder habe, daß ich nicht nach Herzenslust davonlaufen kann!

SKARAMUZ. Bösewicht!

GRÜNHELM. Eine Rebellion ist unterwegs, wie ich sie noch nimmermehr gesehn habe; sie wurde schon als ein großes Stück beigesetzt, und ist nun am Feuer noch mehr aufgequollen, sie ist sehr gut aufgegangen, denn man hat vortreffliche Hefen hineingenommen.

SKARAMUZ. Was für Hefen? – Du wirst mich um die *présence d'esprit* bringen. – Was für Hefen?

GRÜNHELM. Je nun, die Kerls, die wir neulich haben scheren lassen – die Ungeheuer sind nun Rebellen geworden, und rebellieren, was das Zeug halten will.

SKARAMUZ. Nun, was will es denn halten?

GRÜNHELM. O Ihr müßt die sprichwörtlichen Redensarten nicht so genau nehmen. – Ach lieber Himmel! wo sollen wir bei der Belagerung nur Proviant hernehmen?

SKARAMUZ. Ich will aus dem Parnaß eine Festung machen – wenn ich nur erst wüßte, was es geben soll.

GRÜNHELM. Der Apoll will sein Reich wiederhaben, Admet steht ihm bei; sie haben eine große Schwadron von Menschen zusammengebracht, und da soll es nun über die armen Unschuldigen hergehen.

SKARAMUZ. Nennst du mich einen armen Unschuldigen?

GRÜNHELM. Ich meine leider mich.

SKARAMUZ. Wir müssen uns also zum Kriege rüsten. – Nur heran, Leute! Generale! Minister! es ist Krieg! Feuer! Feuer!

Generale und Minister versammeln sich. Soldaten mit Trommeln und Fahnen. Der Bäcker und Brauer kommen. Ein Nachtwächter.

SKARAMUZ. Nachtwächter, blast Feuerlärm. – Geh einer hin, und lasse die Sturmglocken läuten. – Dagegen müssen eiligst Anstalten getroffen werden. – Wißt ihr's schon, meine Herrn? Das Neuste vom Jahr ist eine saubre niedliche Rebellion. *Sturmgeläute, Blasen der Nachtwächter, Trommeln.* Nun hört nur den allerliebsten Lärmen. – Ja, ja, solche Freude hat man vom Königsein. – Ihr Leute, habt ihr denn auch Courage?

GENERAL. Ohne Zweifel, mein König.

SKARAMUZ. Nu, nu, ich fragte nur. – Wer wollte auch in so betrübten verzweiflungsvollen Zeitläuften nicht Courage haben? – Und, denkt nur, auf mich armen unschuldigen Menschen ist es abgesehn!

BRAUER. Herr König, ist etwa Feuer?

SKARAMUZ. Ochsenkopf! eine Rebellion ist ausgebrochen!

BRAUER. In welcher Gasse?

BÄCKER. Kann sie nicht wieder eingesperrt werden?

SKARAMUZ. O liebste Untertanen, seid nicht wie das Rindvieh, darum bitte ich inständigst. Bewaffnet euch, denn der Feind ist schon in der Nähe. Die ganze Macht rückt nämlich heran. – Leute, was machen wir?

GRÜNHELM. Ist kein Davonlaufen möglich?

MINISTER. Durchaus nicht.

SKARAMUZ. Nein, durchaus nicht. – Läßt sich nicht noch geschwind eine Festung bauen?

GENERAL. Unmöglich, und es sind auch nicht einmal die Materialien da.

SKARAMUZ. Sagt einmal – sollten sich die Feinde nicht vor dem Teufelsspektakul fürchten?

GENERAL. Schwerlich.

SKARAMUZ. Fürchte ich mich doch; zum Henker! das müssen ja vermaledeite Feinde sein! Müssen mir nun gerade die schlimmsten Feinde auf den Hals kommen!

Harlekin kömmt.

HARLEKIN. Mein König, zur See haben wir einen großen Vorteil.

SKARAMUZ. Das ist ja schön.

HARLEKIN. Der Feind hat nämlich gar keine Flotte. Von der Seite wären wir also sicher.

SKARAMUZ. Ein schöner Trost! – O nur brav Mannschaften zusammengebracht! bewaffnet euch all, ihr Leute! – Das ist mir so plötzlich gekommen, daß ich mich kaum zu fassen weiß. – Brauer, alle deine Gäste müssen fechten. – Ach, welch ein Blutbad wird das geben! – Eine ruhige Regierung ist doch eine große Gabe. – Sollte der Maschinist wohl wieder schuld daran sein?

MASCHINIST. Nein, mein König, denn ich diene ja auf Eurer Seite. Verzagt überhaupt nur nicht, denn wir sind an Anzahl den Feinden sehr überlegen. Ich will Donner und Blitz einrichten, und wer auf die Falltüren tritt, soll plötzlich versinken.

SKARAMUZ. Das ist schön. Wir müssen alle Minen springen lassen. – Wenn der Krieg erst ganz vorbei ist, dann wollen wir uns recht lustig miteinander machen. Nun kommt, kommt, wir wollen alle Anstalten treffen.

Sie gehn ab.
Der Brauer und Bäcker bleiben.

BRAUER. Wir müssen uns nun auch nur zum Kriege anziehn.

BÄCKER. Es wird wohl nicht anders werden. Wer soll aber indes für die Semmeln sorgen?

BRAUER. Wir wollen ein Dutzend mit ins Feld nehmen, dann ist es ja gut.

BÄCKER. Wie du's verstehst nämlich. – Ich wollte, der Teufel holte den Krieg!

BRAUER. Ich muß doch nach meinen Gästen sehn, und ihnen die schöne Neuigkeit melden. *Ab.*

BÄCKER. Erstens, das Schießen ist mir zuwider; zweitens hat der Satan das Pulver erfunden; drittens geht es für den Skaramuz, für den ich keinen Patriotismus habe; viertens, ist Krieg nicht mein Handwerk; fünftens, kann der Beste bei solchem Spaße umkommen; sechstens, heiratet mein Geselle nach meinem Tode vielleicht meine Frau; siebentens, steht der Galgen aufs Desertieren – o man findet keinen Grund und Boden, gar kein Ende, wenn man alle Übel des Krieges herrechnen wollte.

Brauer treibt die Gäste hinaus.

BRAUER. Keiner von den Hunden will auf seinen Beinen stehn, da liegen sie alle in den Winkeln und schlafen.

VIERTER GAST. Aufzuwecken! vom Schlaf aufzuwecken! mitten aus dem Winkel einen Mann herauszuwecken, der alle Tage sein Geld hier verzehrt hat! Nein, das ist zu grob.

ERSTER GAST. Was gibt's denn?

ZWEITER GAST. Er wird wieder wollen Kegel spielen.

BRAUER. Leute, wir haben Krieg, wir haben Blutbad, die Empörung ist im Schwange gegangen.

BÄCKER. Das nun nicht, es ist nichts als simple Rebellion.

BRAUER. Ihr mögt wohl selbst simpel sein.

BÄCKER. Wer ist simpel? – Wer hat das Herz, das zu sagen?

BRAUER. Ich.

BÄCKER. Das soll gestraft werden. Hier wart einen Augenblick.

Bäcker und Brauer ab.

VIERTER GAST. Herauszuwecken! Es geht zu weit in unsern Tagen! Die Weltbegebenheit hat so was noch nicht erlebt, daß sie ist aus dem Schlummer herausgeweckt worden! Keinem verstorbenen Kaiser und Kurfürsten ist das noch nicht begegnet, und mir muß das arrivieren! Das kann ich nur nicht verdauen.

DRITTER GAST. Gevatter, haben wir bald Fastnacht?

VIERTER GAST. Religionskrieg haben wir vors erste! Habt Ihr's denn nicht gehört?

DRITTER GAST. Also ist die Gewissensfreiheit wieder zum Teufel?

VIERTER GAST. Die totale Mondfinsternis wird wieder Mode. – Hol der Satan alles, wenn ich nicht mehr frei denken darf.

ERSTER GAST. Wer will es uns aber wehren?

VIERTER GAST. Das wird dir schon gewiesen werden, wenn die Religion aus der freien Ausübung wieder herauskommt.

ZWEITER GAST. Aber ist denn der Antichrist schon unterwegs?

VIERTER GAST. Freilich. Nun muß unser Gewissen wieder leiden. Das arme Tier ist kaum ein bißchen zu Atem gekommen. Um die unschuldige Bestie tut mir's nur am meisten leid.

Brauer und Bäcker kommen gerüstet herauf.

BÄCKER. Nur heran, Brauer, wenn du Herz hast.
BRAUER. O ich warte sehnlichst darauf, dich umzubringen.

Sie fechten.

VIERTER GAST. Seht ihr, da fängt die Intoleranz schon an; das wird nun bald mehr um sich greifen.

Skaramuz kömmt.

SKARAMUZ. Ei! da ist ja schon ein Stückchen Rebellion!
BRAUER. Halt! Ich bin überwunden.
SKARAMUZ. Worüber seid ihr denn uneins?
BRAUER. Wir wissen's selber nicht, Herr König; wir brauchen auch, gottlob, keine Ursachen dazu.
SKARAMUZ. Vertragt euch. – Und ihr, Leute, rüstet euch ebenfalls, ihr seid ja meine leiblichen Untertanen.
ERSTER GAST. Was sollen wir denn verfechten?
SKARAMUZ. Narren, den Krieg.
VIERTER GAST. Ob's gegen den Türken gedient sein soll?
SKARAMUZ. Gegen den Feind. – Macht euch fertig, ich habe mehr zu tun. *Ab.*
VIERTER GAST. Kommt, Leute, und überleset die zehn Gebote oder die sieben Bitten, was ihr am ersten habhaft werden könnt, und dann laßt uns sogleich in den Krieg ziehn. *Ab.*
BRAUER. Wir beide können gleich in unsrer Rüstung bleiben. *Ab mit dem Bäcker.*

Grünhelm, Thalia.

THALIA. Und du willst dein Weib, dein unmündiges Kind verlassen?
GRÜNHELM. Ja, liebe Frau, es ist nun nicht anders, ich muß. Oder willst du lieber, daß ich im Kriege umkommen soll?
THALIA. Keins von beiden, sondern du sollst bei mir bleiben.
GRÜNHELM. Das geht aber nimmermehr.
THALIA. So versuche wenigstens dein Heil im Kriege.
GRÜNHELM. Das geht noch viel weniger.
THALIA. Du willst also dein Vaterland und mich verlassen? O du Hartherziger! habe ich dich darum so geliebt, bin ich dir darum so getreu gewesen? Der König hätte vielleicht seine Neigung auf mich geworfen, wenn unsre Ehe nicht gewesen wäre.
GRÜNHELM. Beruhige dich, liebe Frau, der König hat vielleicht auch am längsten gelebt.
THALIA *niederknieend.* Du hast mich noch niemals weinen sehen; o sieh, wie ich jetzt zu deinen Füßen Tränen vergieße. Laß dich

durch mein Flehen zurückhalten. Sind meine Worte zu schwach, o so laß die Worte deines Kindes die Kraft der meinigen vermehren. Erinnre dich der frohen Stunden, die wir miteinander verlebt haben; gedenke der süßen Hoffnungen, von denen wir uns unterhielten. – Soll alles dies nun gänzlich vorüber sein? – Wie? bist du gerührt?

GRÜNHELM. Keinesweges, Geliebte, außer zum Weglaufen, und das bin ich, wie gesagt, schon von Natur.

THALIA. So will ich auch kein einziges Wort mehr verschwenden, du Feigherziger! Geh denn, andre Männer werden meine Liebe höher achten. *Sie geht ins Haus.*

GRÜNHELM. Nun ich sie verlassen soll, fang ich bei meiner Seele erst an sie zu lieben. – *An das Parterre.* Ja, meine Herren, es ist mit mir so weit gekommen, daß ich beschlossen habe, das Theater wieder zu verlassen, denn für den Krieg bin ich durchaus nicht gemacht. Es ist schon eine geraume Zeit her, daß ich hier heraufkletterte, und nun stehe ich wieder hier, im Begriff, hinunterzuklettern. – Wunderbar! daß unser Leben einen solchen Kreis durchläuft, der zu Ende ist, ehe wir es uns versehn.

Meine Geehrtesten! sehn Sie, ich bin nun bis zum Selbstmorde gekommen: ich meine, daß ich den Schauplatz wieder verlassen will. Ich hätte nicht geglaubt, daß meine Bestimmung mich dahin bringen sollte.

Dunkles Land! – Wie ist es jenseit dem Souffleur und diesen Lampen? – Ist es mir doch, als könnt ich mich leise dieses Zustandes erinnern. – Wie mag es dort unter euch sein, ihr ruhig anschauende Schatten? Ihr habt doch wohl alle eure Narrheiten zu Hause gelassen, so wie eure Geschäfte?

Apropos, Narrheiten! – Was haltet ihr davon? Die Menschen halten sehr viel davon und glauben es nicht. Jetzt erst, am Rande des Grabes, seh ich meine Torheiten vollkommen ein- und dies vollkommene Einsehn ist nur meine letzte Torheit. – Wer es vorher wüßte, wie oft ihm der Witz versagte: wie oft eine Posse, die ihn ergötzt, keinem andern gefällt – o wer das vorhersehen könnte, würde nimmermehr ein so langweiliges Spiel anfangen.

Vor meiner Geburt war ich gewiß schon ein Narr, denn sonst hätte mir das Klugwerden nach der Geburt etwas leichter und natürlicher ankommen müssen. – In meiner Kindheit war ich ein Narr, und das bedarf keines Beweises. Dann wurde ich in die Torheit der Wissenschaften hineingetrieben und wurde ein ausgemachter Narr, denn ich wurde eitel und dünkte mich gelehrt und weise. Dann wurde ich ein Zänker, der Händel suchte und immer schlimm dabei wegkam. Darauf verbesserte ich mich zu einem furchtsamen Narren; ein Zustand, den ich jetzt zum zweiten Male erlebe, und der mir die Gelegenheit verschafft, diese wenigen Betrachtungen anzustellen.

Doch, daß ich's kurz mache, ich wurde verliebt, ja ich heiratete, eine größere Narrheit folgte der großen; nun ward ich gar Vater und sah in allem, was mein Kind schrie und spielte, die wunderbarsten Genieanlagen, verhätschelte mich in ihm und war in Zärtlichkeit und Eigenliebe der größte Narr. Wie nun gar, da ich philosophisch zu erziehen anfing!

Das ist so der kurzgefaßte Inbegriff aller meiner Wissenschaften, und nun, meine Hochgeehrtesten – dies sind ohngefähr die letzten Worte, die ich sagen kann, denn bald werde ich hier nicht mehr sein – (ich wollte, es fiele mir noch ein andrer Spaß ein, als daß ich gleich herunterspringen werde – nein, in der Tat, mir kömmt gar nichts bei) – nun also werd ich mich, wie gesagt, zu euch verfügen, um von dort in Ruhe den Sturz des Skaramuz zu sehn. – Jetzt spring ich! Kopf weg! *Er springt in das Parterre hinab.*

SCÄVOLA. Das war eine erstaunlich rührende Szene. – Aber was heult denn hier so?

DER ANDRE. Herr Wachtel schluchzt so sehr.

WACHTEL. Ne- nein – ei- ei- einen solchen – Selbstmord – kakann's nicht ansehn!

Die Armee des Skaramuz, darunter Schatzmeister, Stallmeister, Rabe, der Fremde, der Maschinist, Harlekin, der Leser.

SKARAMUZ *reitet in voller Rüstung auf seinem Esel herein.*

SKARAMUZ. Der Feind ist ganz nahe – fürchtet euch nur nicht, liebsten Leute – er ist doch immer nur der Feind. – Wo ist mein Adjutant?

HARLEKIN. Er soll sich selber umgebracht haben.

GRÜNHELM. Ja, ich sitze hier mit meiner Seele in Elysium, und fürchte mich nun nicht mehr.

SKARAMUZ. Ach, er ist zu beneiden, lieben Freunde; auf die Fieberschauer dieses Lebens schläft er wohl, er ist glücklich.

Trompeten. Das Heer des Apollo, mit ihm Admet, Myrtill, Aulicus, der Schriftsteller, der Wirt, der Poet, der Directeur.

SKARAMUZ. Da sind die grausamen Feinde, alle sind sie da – und hört nur, wie unverschämt sie in die Trompeten stoßen!

Apollo, der auf dem Pegasus durch die Luft herunterfliegt.

SKARAMUZ. Seht, was der Kerl da für Streiche macht! – Das verursacht gewiß wieder der verwünschte Maschinist.

MASCHINIST. Wahrlich nicht, mein König, diese Künste sind mir selber unbegreiflich.

SKARAMUZ. Nun, Leute, haltet euch nur tapfer, denn das ist die Hauptsache, alles übrige wird nicht viel zu bedeuten haben. – Ich kann keine langen Reden halten, aber einen Schlachtgesang sollen uns die Musen singen.

SCHLACHTGESANG.

Das Vaterland! das Vaterland!
Daß nur keiner davonläuft!
Ihr kennt doch wohl den Stock? –
Das Vaterland! das Vaterland!
Frisch in den Feind hinein,
Sonst soll der Stock –
O Vaterland! o Vaterland!
Für dich nur fechten wir:
Du bist der Stock!

Es wird das Zeichen zum Angriff gegeben, eine fürchterliche Schlacht, alle gehn kämpfend ab.
Feldgeschrei. Der Maschinist, der Poet, im Zweikampfe.

POET. Ergib dich, du erbärmlicher Maschinist, der nur immer für den elendesten Effekt arbeitet.

MASCHINIST. Ergib dich, Poet, der du so unverschämt bist, zu verlangen, daß sich die Menschen der Poesie erfreuen sollen.

POET. Ja, das will ich, und sie sollen es!

MASCHINIST. Und sie sollen die Dekorationen vorziehn!

Gehn fechtend ab.
Apollo mit Gefolge.

APOLLO. Frisch, meine Freunde! der Sieg neigt sich schon auf unsre Seite.

Brauer kömmt.

BRAUER. Ich habe schon ein paar Wunden, die mir nicht übel schmecken. Skaramuz tut wahre Wunder der Tapferkeit; den Esel haben sie ihm unterm Leibe umgebracht, die hartherzigen Feinde; aber das rührt ihn nicht, er streitet zu Fuß immer weiter.

Skaramuz tritt auf.

SKARAMUZ. Ein Pferd! ein Pferd! mein Königreich für ein Pferd!

BRAUER. Warum denn gleich das ganze Königreich? So bleibt Euch ja nachher nichts übrig.

SKARAMUZ. Es ist ja nur eine Hyperbel, Esel, die ich in der Leidenschaft ausstoße. *Geht ab.*

BRAUER. Ich muß doch auch wieder nachsehn, wie sich die Bataille befindet. *Geht ab.*

Rückzug. Das Heer des Skaramuz nimmt die Flucht, die andern verfolgen die Fliehenden. Skaramuz kömmt trostlos.

SKARAMUZ. Meine Herren, die ganze Bataille ist total verloren nun bleibt mir gar keine Hoffnung mehr – ich werde abgesetzt, der verdammte Apollo nimmt meine Stelle ein. – Meine ganze Armee ist zerstreut; – erbarmen Sie sich meiner, geliebte Zuschauer, schicken Sie mir eine Verstärkung!

SCÄVOLA. Warum stehn wir aber auch müßig, und sehn das Leiden des großen Mannes so kaltblütig mit an?

PIERROT. Wir sind Schurken, wenn wir es leiden, daß er abgesetzt wird.

DER ANDRE. Nimmermehr soll es so weit kommen.

ZUSCHAUER. Nein! nein! hat schon das Gewitter ausgestanden, und soll sich nun noch sein Reich zerstören lassen.

Apollo kömmt mit seinem Gefolge.

APOLLO. Der Sieg ist nun unser, Freunde; nehmt noch den Skaramuz gefangen und dann wollen wir das Reich von neuem einrichten.

ZUSCHAUER. Nimmermehr soll es so weit kommen.

Sie klettern alle zum Theater hinauf.

APOLLO. Was gibt's denn?

ZUSCHAUER. Er ist unser Freund, wir wollen für ihn bis auf den letzten Blutstropfen fechten. Fangt nur die Schlacht gleich wieder von neuem an, dann wollen wir sehn, wer den Sieg davonträgt.

APOLLO. Ha ha ha! liebe Herren, Sie vergessen sich ganz.

Die ganze Armee des Apollo lacht.

SCÄVOLA. Es ist da nichts zu lachen, wir beschützen sein Königreich; er hat tugendhaft und gut regiert, *wir* wollen seine treuen Untertanen sein.

APOLLO. Aber, meine Herren, Sie vergessen in Ihrem Enthusiasmus, daß wir alle nur Schauspieler sind, und daß das Ganze nichts als ein Spiel ist. – Und damit wäre denn das Stück völlig zu Ende.

WAGEMANN. Herr Skaramuz, Sie haben sich sehr tapfer gehalten.

SCÄVOLA. Herr Directeur, Sie ließen im Stücke einmal ein Wort davon fallen, daß Sie den Skaramuz abdanken wollten, das soll auch nicht sein.

WAGEMANN. Ich wäre ja ein Tor, wenn ich es täte, da er Ihren Beifall in einem so hohen Grade hat, daß Sie für ihn sterben wollen.

SCÄVOLA. Ja, Blut und Leben für Skaramuz!

ALLE. Leib und Leben für Skaramuz!

Der Vorhang fällt.

Prologus tritt bescheiden herein.

PROLOGUS. Sie werden hier ein Stück sehen, meine Verehrungswürdigen, das ein wenig wunderlich aussieht, das es aber von Herzen gut meint. Es ist nützlich, wenn wir zuweilen des mannigfachen Elends dieser großen Erde vergessen, oder auch es milder im Spiegel der Torheit anschaun, und dazu dient vielleicht nachfolgendes. Gefällt Ihnen das Stück nicht, so steht es um so schlimmer um den Verfasser; alle Entschuldigungen sind dann umsonst, und ich will kein Wort zu seiner Rechtfertigung sagen. Wenn Ihnen also die Zeit lange währt, so wünsche ich Ihnen von ganzem Herzen bei irgendeinem andern Schauspiele desto mehr Vergnügen. – Doch ich sehe soeben, es ist kein Zuschauer da, der diesen so notwendigen Prologus anhören könnte.

ZUSCHAUER. Wir sitzen hinter der Gardine, Herr Prologus, beim Herrn Skaramuz.

PROLOGUS. So will ich also auch zu ihm gehn. Ich empfehle mich. – *Er verbeugt sich sehr ehrerbietig gegen die leeren Bänke und geht ab.*

GRÜNHELM. Nun ist der ganze Prolog an mich gerichtet gewesen, der ich eine der Hauptpersonen im Stücke selber war, und doch ist er mich gar nicht gewahr geworden, und doch bin ich hier der einzige Mensch! Es ist immer sehr wunderbar, und verdient wohl eine Untersuchung der Philosophen. – Aber ich tue wohl gut, nach Hause zu gehn, und meiner wirklichen Frau von meinen wunderbaren Begebenheiten diesseit und jenseit der Lampen zu erzählen, denn die Verbindung mit der Thalia war nur eine Komödienheirat. *Er geht.*

Biographie

1773 *31. Mai:* Johann Ludwig Tieck wird in Berlin als Sohn des Seilermeisters Johann Ludwig Tieck und seiner Frau Anna Sopie, geb. Berukin, geboren.

1776 *August:* Geburt des Bruders Christian Friedrich.

1782 Eintritt in das humanistische Friedrich-Gymnasium.
Freundschaft mit dem Mitschüler Wilhelm Heinrich Wackenroder.

1788 Umgang mit dem Komponisten Johann Friedrich Reichardt.
Zusammentreffen mit Karl Philipp Moritz.
Bekanntschaft mit Amalie Alberti.
Beginn einer umfangreichen literarischen Produktion. Die Arbeiten der ersten Jahre sind zumeist unveröffentlicht.

1789 Begegnung mit Mozart.

1792 Sommer: Tieck immatrikuliert sich an der Universität Halle zum Studium der Theologie. Nebenbei hört er Vorlesungen in Philosophie und Literatur.
Sommerreise in den Harz.
Herbst: Studienortwechsel nach Göttingen, wo der Ästhetikprofessor und Redakteur des »Deutschen Musenalmanachs« Gottfried August Bürger und der Professor der Naturwissenschaften Georg Christoph Lichtenberg zu seinen Lehrern gehören.

1793 *Sommer:* Wechsel an die Universität Erlangen zusammen mit dem Schulfreund Wackenroder.
Reisen nach Bamberg, Nürnberg, Pommersfelden und Bayreuth.

1794 Tieck bricht sein Studium ab.
Mai: Reise nach Hamburg, wo er u.a. Klopstock trifft, und Braunschweig.
Kontakte zu dem Verleger und Schriftsteller Friedrich Nicolai.
Aufenthalt in Berlin, wo er in den literarischen Salons von Dorothea Veit, Rahel Levin und Henriette Herz verkehrt.
Bekanntschaft mit Schleiermacher.

1795 »Abdallah« (Erzählung).
»Peter Lebrecht« (Erzählung, 2 Bände, 1795–96).

»Geschichte des Herrn William Lovell« (Roman, 3 Bände, 1795–96).

1796 Tieck verlobt sich mit Amalie Alberti.
Sommeraufenthalt in Dresden.

1797 Bekanntschaft mit August Wilhelm und Friedrich Schlegel.
»Ritter Blaubart« (Märchenspiel).
»Der gestiefelte Kater« (Märchenspiel).
»Volksmährchen« (3 Bände).
»Die sieben Weiber des Blaubart« (Erzählungen).

1798 *Februar:* Tod des Freundes Wackenroder.
Heirat mit Amalie Alberti.
»Der Abschied« (Trauerspiel).
»Franz Sternbalds Wanderungen« (Roman, 2 Bände, Berlin).

1799 *März:* Geburt der Tochter Dorothea.
Sommer: Reise nach Weimar und Treffen mit Novalis und Schelling.
Oktober: Tieck siedelt nach Jena über.
Umgang mit Fichte und den Schlegels.
Bekanntschaft mit Clemens Brentano, Schiller, Herder und Goethe.
November: Erstes Treffen mit Jean Paul und Novalis.
»Sämmtliche Schriften« (12 Bände, Raubdruck).
»Romantische Dichtungen« (2 Bände, 1799–1800).
Tiecks klassisch gewordene Übersetzung von Cervantes' »Leben und Taten des scharfsinnigen Edlen Don Quixote von La Mancha« (4 Bände, 1799–1801) beginnt zu erscheinen.

1800 *Sommer und Herbst:* Aufenthalt in Hamburg.
»Das Ungeheuer und der verzauberte Wald« (Opernlibretto).
Tieck gibt die Zeitschrift »Poetisches Journal« (2 Bände) heraus, deren Beiträge er vorwiegend selber verfaßt.

1801 *Frühjahr:* Tod der Eltern.
April: Tieck siedelt nach Dresden über.
Zusammentreffen mit den Malern Caspar David Friedrich und Philipp Otto Runge.
Tieck gibt mit August Wilhelm Schlegel den »Musen-Almanach für das Jahr 1802« heraus.

1802 *Oktober:* Übersiedlung nach Ziebingen.
Gemeinsam mit Friedrich Schlegel gibt Tieck die

»Schriften« des im Vorjahr verstorbenen Novalis heraus (2 Bände, 1802–05; 3. Band zusammen mit E. von Bülow 1846).

1803 Beginn der Liebesbeziehung zu Henriette von Finckenstein.
Sommerreise nach Süddeutschland.
Winter: Besuch in Dresden.
Tieck gibt die »Minnelieder aus dem Schwäbischen Zeitalter« heraus.

1804 *Sommer:* Reise nach München.
Schwere Erkrankung.
Oktober: Brentano und Arnim zu Besuch in Ziebingen.
»Kaiser Octavianus« (Lustspiel).

1805 *Sommer:* Reise nach Rom (bis August 1806).
Bekanntschaft mit Maler Müller.

1806 *August:* Rückreise nach Ziebingen mit Aufenthalten in Frankfurt am Main, wo Tieck Bettina Brentano besucht, und Weimar, wo er Goethe trifft.

1807 *Spätherbst:* Reise nach Berlin.

1808 *Sommer:* Aufenthalte in Berlin und Dresden.
Herbst: Reise nach Wien, anschließend nach München, wo er bis Mitte 1810 bleibt.
Umgang mit Friedrich Karl von Savigny, Friedrich Heinrich Jacobi und Verkehr im Hause der Schellings.

1809 Schwere Erkrankung.

1810 *Sommer:* Kuraufenthalt in Baden-Baden.
Herbst: Heimreise nach Ziebingen.

1811 *Sommer:* Kur in Bad Warmbrunn.
»Alt-Englisches Theater« (Übersetzungen, 2 Bände).

1812 »Phantasus« (Märchen, Erzählungen, Dramen und Novellen, 3 Bände, 1812–16).

1813 *Sommer:* Reise nach Prag.
Umgang mit Brentano, Beethoven und Rahel Varnhagen.

1814 *Sommer:* Reise nach Berlin.
Bekanntschaft mit E. T. A. Hoffmann.

1816 Die Universität Breslau ernennt Tieck zum Ehrendoktor.

1817 *Frühjahr/Sommer:* Reise nach England mit Besuch in London.
Juli-Dezember: Rückreise, bei der er eine Reihe von Besuchen abstattet: in Paris trifft er Alexander von Humboldt, in Heidelberg Jean Paul, in Frankfurt am Main Görres und Friedrich Schlegel, in Weimar sieht er Goethe wieder

und trifft Brentano in Berlin.
»Deutsches Theater« (2 Bände).

1819 *Sommer:* Übersiedlung nach Dresden mit Henriette von Finckenstein.

1821 *Sommer:* Kur in Teplitz.
»Gedichte« (3 Bände, 1821–23).
Tieck gibt die »Hinterlassenen Schriften« von Heinrich von Kleist heraus; 1826 folgt die Ausgabe von Kleists »Gesammelte Schriften« (3 Bände).

1823 *Sommer:* Kuraufenthalt in Teplitz.
»Novellen« (7 Bände, 1823–28).

1825 *Januar:* Tieck wird zum Hofrat und zum Dramaturgen am Hoftheater in Dresden ernannt.
Frühsommer: Theaterreise durch Deutschland und Österreich.
»Märchen und Zaubergeschichten«.
»Dramaturgische Blätter« (3 Bände, 1825–52).
Gemeinsam mit August Wilhelm Schlegel gibt Tieck die Dramen Shakespeares in der Übersetzung von A. W. Schlegel, Tiecks Tochter Dorothea und Wolf Graf von Baudissin heraus (9 Bände, 1825–33), die klassische sogenannte Schlegel-Tiecksche Übersetzung.

1826 *Sommer:* Tieck fährt zur Kur nach Teplitz.
Zusammentreffen mit Wilhelm Hauff.
»Der Aufruhr in den Cevennen« (Novelle).

1827 Verlagsvertrag mit Georg Andreas Reimer in Berlin für die Herausgabe seiner gesammelten »Schriften«.

1828 Kur in Baden-Baden. Rückreise mit Besuchen bei August Wilhelm Schlegel in Bonn und Goethe in Weimar.
Die »Schriften« beginnen zu erscheinen (28 Bände, 1828–54).
Tieck gibt »Die Insel Felsenburg« (6 Bände) von Johann Gottfried Schnabel in einer Neubearbeitung heraus.
Tieck veröffentlicht die »Gesammelten Schriften« (3 Bände) von Jakob Michael Reinhold Lenz.

1829 Bekanntschaft mit Karl Leberecht Immermann.

1830 *Sommer:* Tieck fährt zur Kur nach Baden-Baden.
Herbst: Aufenthalt in München.

1832 Anläßlich des Todes von Goethe schreibt Tieck einen »Epilog zum Andenken Goethes«.

1834 *Sommer:* Kur in Baden-Baden.

1835 »Gesammelte Novellen« (14 Bände, 1835–42).

1836 *Sommer:* Kurreise nach Baden-Baden.
Aufenthalt in Heidelberg.
Tieck gibt »Vier Schauspiele von Shakespeare« heraus.
»Der junge Tischlermeister« (Novelle, 2 Bände).

1837 *Februar:* Tod Amalie Tiecks.

1840 »Vittorio Accorombona« (Roman, 2 Bände).

1841 *Sommer:* Tieck fährt zur Kur nach Baden-Baden.
Herbst: Von Friedrich Wilhelm IV. wird Tieck als Vorleser des Königs und Berater der Königlichen Schauspiele nach Berlin berufen, wo er im Oktober die »Antigone« von Sophokles inszeniert.

1842 *Frühjahr:* Reise nach Berlin.
Sommer: Aufenthalt in Dresden.
Herbst: Tieck siedelt nach Berlin über, wo er bis zu seinem Lebensende wohnen wird. Die Sommer verbringt er in Potsdam.
Auf der Reise erleidet er einen schweren Schlaganfall.

1843 *Sommer/Herbst:* Inszenierung der »Medea« von Euripides und von Shakespeares »Sommernachtstraum«.

1844 *April:* Tieck inszeniert den »Gestiefelten Kater«.

1845 Inszenierung von »Blaubart« und »Ödipus auf Kolonos« von Sophokles.
Tieck erleidet zum zweiten Mal einen schweren Schlaganfall.

1846 Verlagsvertrag mit Brockhaus in Leipzig über die Herausgabe der »Kritischen Schriften«.

1847 Tod Henriette von Finckensteins.

1848 »Kritische Schriften« (4 Bände, 1848–52).

1849 Tieck läßt einen Teil seiner Bibliothek auf einer Auktion verkaufen.

1851 Schwere Erkrankung Tiecks, von der er sich nicht wieder erholt.

1853 *28. April:* Tod Tiecks in Berlin.

Geschichten aus dem
Sturm und Drang

Zwischen 1765 und 1785 geht ein Ruck durch die deutsche Literatur. Sehr junge Autoren lehnen sich auf gegen den belehrenden Charakter der - die damalige Geisteskultur beherrschenden - Aufklärung. Mit Fantasie und Gemütskraft stürmen und drängen sie gegen die Moralvorstellungen des Feudalsystems, setzen Gefühl vor Verstand und fordern die Selbstständigkeit des Originalgenies.

Lenz Zerbin oder Die neuere Philosophie **Wezel** Silvans Bibliothek oder die gelehrten Abenteuer **Moritz** Andreas Hartknopf. Eine Allegorie **Schiller** Der Geisterseher **Goethe** Die Leiden des jungen Werther **Klinger** Fausts Leben, Taten und Höllenfahrt
ISBN 978-1489596925, 468 Seiten, 19,80 €

Geschichten aus dem
Sturm und Drang II

Wezel Kakerlak oder die Geschichte eines Rosenkreuzers **Bürger** Münchhausen **Schiller** Der Verbrecher aus verlorener Ehre **Moritz** Andreas Hartknopfs Predigerjahre **Lenz** Der Waldbruder **Klinger** Geschichte eines Teutschen der neusten Zeit
ISBN 978-1489597106, 424 Seiten, 19,80 €

Dekadente Geschichten

Im kulturellen Verfall des Fin de siècle wendet sich die Dekadenz ab von der Natur und dem realen Leben, hin zu raffinierten ästhetischen Empfindungen zwischen ausschweifender Lebenslust und fatalem Überdruss. Gegen Moral und Bürgertum frönt sie mit überfeinen Sinnen einem subtilen Schönheitskult, der die Kunst nichts anderem als ihr selbst verpflichtet sieht.

Rilke Die Aufzeichnungen des Malte Laurids Brigge **Huysmans** Gegen den Strich **Bahr** Die gute Schule **Hofmannsthal** Das Märchen der 672. Nacht **Rilke** Die Weise von Liebe und Tod des Cornets Christoph Rilke
ISBN 978-1489596833, 392 Seiten, 16,80 €

23213702R00051

Printed in Poland
by Amazon Fulfillment
Poland Sp. z o.o., Wrocław